愛呦文創 愛呦文創

愛呦文創

本文為虛構故事，含一些敏感內容
關心您：再給自己一次機會，勇敢求救並非弱者；
生命線 1995、張老師服務專線 1980、衛福部安心專線 1925

愛呦文創

High School Return of A Gangster
黑幫變成高中生 04
SPORTS
DRINKS

目　錄

CONTENT

第一章

什麼都行，
有求必應的五分鐘

High School Return of A Gangster

月曆翻到了九月，原本會曬傷皮膚的烈日減弱了許多，風也變得涼爽起來。三年級下學期①正式開始，學校進入了夏季制服和春秋季制服混穿的時期。

怕冷又怕熱的宋理巘，每當早晚溫差變大時，他的身體就會因為受寒而咳嗽，只要稍微吹點冷風，喉嚨就會腫起來，這讓從來不知寒冷為何物的金得八切身體會到什麼叫冷得全身發抖。

宋理巘外出買紅蔘，在途中看到學生在校服外面套上運動外套，覺得很好看，於是買了好幾套回去。

原本抱持學生必須要保持儀容整潔的想法，因為熬夜唸書的關係，宋理巘早已不再堅持，不知從哪時起，他一進教室就會把運動外套的拉鍊拉到脖子，偶爾甚至還向其他女同學借毯子圍在身上。

「各位，我們把桌子併在一起吧。」

下課時間，從福利社回來的同學們把桌子併在一起，將買來的零食全部倒在桌上。圍坐一起吃零食的女同學們中，唯一的男同學宋理巘顯得格外引人注目。

他穿著黑色三條紋運動外套，披著借來的粉紅毯子，問起剛從福利社回來時看見的狀況：「最近學校怎麼了？感覺氣氛很混亂。」

學生們三五成群地走來走去，忙著到處奔走、搬運東西，他們不是在唸書，因為忙碌的樣子和平時不大一樣。然而，只有宋理巘覺得奇怪，其他同學則若無其事地告訴他那是學校的活動即將到來。

「再過兩週就是校慶園遊會了，可能是一、二年級的學生在忙著準備校慶吧。」

「校慶園遊會？」

——高中生也有這種活動嗎？

因為熬夜唸書，在早自習時間打瞌睡而沒聽到通知的宋理巘驚訝得張大了嘴巴。

其中一名女同學拿起了洋芋片，要宋理巘不要大驚小怪，「怎麼了？搞得好像你從沒參加過校慶一樣，一、二年級的時候，我們也……」

話說到一半，她突然想到曾遭受校園暴力的宋理巘，不只無法參加校慶，恐怕連享受校慶的氛圍都做不到，氣氛頓時變得沉重。

換作是平時，宋理巘一定會主動緩頰說沒關係，但這次的他已經陷入校慶即將到來的震驚中，連零食都忘了咀嚼。

——看來理巘受了不少痛苦。

沒有人主動站出來，大家只是默默地嚼著口中變得濕軟的零食。

這時另一名女同學親切地提議：「理巘，我以前是漫畫社的，學弟妹們邀我去看他們準備校慶，你要一起去嗎？」

宋理巘大聲喊道：「好啊！」

注釋① 三年級下學期：南韓的第一學期為三月上旬至七月中旬，第二學期為八月下旬至隔年的二月中旬，寒假在十二月中旬至二月上旬。

午休時間，宋理巘再次體認到自己唯一會的手藝就是打架，他擅長破壞，但在創作方面毫無天賦。

漫畫社為了準備校慶，將畫板鋪在地上作畫。

宋理巘退後一步欣賞，隨即放下手中的大筆刷，向大家道歉：「呀，那個，嗯……對不起。」

當漫畫社的學生遞上畫筆，問他要不要試試看時，畫板上還充滿了各種生動的漫畫角色，但經過宋理巘大筆揮毫之後，那些角色全都變成黑漆漆的怪物。

沒想到會弄成這樣，當初提議他試畫的學生手一邊抖一邊說：「沒事的，沒關係，嗯，我的意思是……應該可以……補救？」

「對啊，理巘，別擔心，可以補救的。」

帶宋理巘來的同班女生也手忙腳亂地拿起了筆刷。

站在他們身後的宋理巘小心翼翼地提出了一個新的建議：「如果補救不了，我買一個新的畫板給你們，重畫的話，應該……」

距離校慶不到兩週，重畫是不可能的事，在宋理巘猶豫之際，吃完午飯回來的漫畫社學生們吵鬧著聚集到畫板前。

「怎麼回事？發生什麼事了？畫板怎麼變成這樣？誰幹的？」

「……」

百口莫辯的罪人宋理巘被推到了後面。

宋理巘想幫忙而在旁邊打轉，但漫畫社的社員們用身體擋住不讓他靠近，他們專注於修復畫板，導致宋理獻被冷落了，他像個借來的稻草袋般尷尬地呆站在那裡，心想不然買些飲料回來請他們，就這樣悄悄地走出了社團教室。

宋理獻繞過社團教室旁邊的圖書館，在轉角處正要下樓時，差點撞上突然竄出的人，他急忙扶住對方手中堆積如山且搖搖欲墜的書。

下一秒，他聞到熟悉的頭髮香味，是崔世暻的味道，宋理獻立刻皺起鼻子道：「你為什麼又在這裡？」

暑假還不夠，連在學校都要跟著自己的行為，讓宋理獻覺得厭煩。

「你還在跟著我嗎？」

從書堆上露出崔世暻溫柔的眼神，他微笑著指責對方：「你也太自戀了吧。」然後崔世暻把幾本書遞了過來，宋理獻愣愣地接過一半的書。

分了一半的書後，崔世暻就先走了，宋理獻也趕緊跟上，對方用腳推開圖書館的門，讓宋理獻先進去。

圖書館裡面也是一片混亂，學生們好像在為校慶做準備，聚在桌子旁專心地剪貼色紙，忙碌到連崔世暻進來都沒人注意到，而崔世暻也沒有叫他們，徑自將手上的書放到活動書架上。

「圖書社的社員們說他們忙著準備校慶，所以請我來幫忙。」

崔世暻接過宋理獻手中的書，放到活動書架上，接著他把堆積在櫃檯上的已歸還書籍也放了上去，整個活動書架塞滿了，當他推動活動書架時，書的重量壓得輪子嘎吱作響。

「你是圖書社的嗎？」

「嗯。」

「也是，你喜歡看書吧？」

宋理巘想起崔世暻房裡那個巨大書櫃，於是猜他喜歡看書，但崔世暻喜歡看書是有其他原因的。

「因為很安靜啊。」

聞言，宋理巘覺得很神奇，那麼怕吵、喜歡獨處的傢伙，竟然能一整個暑假的每晚都跟著自己到處跑。

崔世暻拉著活動書架往前走，宋理巘跟在他後面幫忙推，然後說：「你沒說我吵，我真的太厲害了。」

「我從來沒說過你不吵。」

「你這傢伙。」

崔世暻低沉的笑聲消散在空氣中飄浮的塵埃之間。可能大家都在忙著準備校慶，越深入越沒有其他學生，當推著活動書架進入書架之間後，聚集在桌子旁的圖書社學生們聊天的聲音也變得越來越遠。

在寂靜的書架之間，未上油的輪子吃力地轉動著，宋理巘在後面推著活動書架，崔世暻則在前面將歸還的書本插入適當的位置。

「那些韓文小說能拿給我嗎？」

崔世暻一邊掃視書架，一邊伸出手來，卻沒得到回應，於是轉頭看向宋理巘，見他正看著牆上的時鐘，便問道：「你有事要忙嗎？」

離午休結束還有一些時間，幫完崔世暻後再走也不遲，宋理巚拿起崔世暻指示的書籍遞給他。

「不會，晚點走也可以，反正現在去也沒事可做，因為我搞砸了漫畫社同學們畫的畫。」

「真是的。」崔世暻同情地挑了挑眉。

「闖了那麼大的禍，你竟然還能平安脫身，真是走運。」

小時候村裡有一位住在磚瓦房的老人過六十大壽，那是金得八從小到大唯一參加過的慶典，因此他對於校慶園遊會完全沒有概念。

雖然知道自己犯了錯，弄壞了同學們精心繪製的畫，但不知道這是不是需要拿命去賠的錯，所以問了一句：「那真的有那麼嚴重嗎？」

「嗯，你要是再去漫畫社就會出大事的，別去了，跟我在這裡整理書架吧。」

宋理巚雖然不大了解現在孩子們的情況，但這誇大程度一聽就知道崔世暻在說謊，他沒有被騙。

用溫和語氣說謊的崔世暻根本沒有要欺騙的意思，宋理巚覺得他既可愛又好笑，便如其所願幫忙整理書架。

「把這些整理完，我們一起去道歉吧。」

「好。」

他們按照順序整理歸還的書籍，當來到擺放哲學書和經典書籍的書架時，安靜的圖書館變得更加寂靜，因為是冷門書籍，所以有些書甚至沒有翻閱過幾次，就已經被放到泛黃。

宋理巘想幫助崔世暻，卻不清楚擺放規則，只能推著活動書架。

他的人生經驗都是靠拳頭累積的，除了學測題本外，便與書本無緣。

平時有空時也忙著去踢球，所以這幾乎是他第一次來圖書館，不知不覺間，宋理巘丟下了活動書架，開始瀏覽書架，陳舊的紙張氣味撲鼻而來。

書架上密密麻麻的書本高度各異，形成了起伏的線條，從書架與書本的空隙間，可以看見崔世暻的嘴角，當經過空了的書架時，他們的眼神便會相遇，隔著書架行走在同一空間，兩人的腳步聲迴響著。

他們踩在鬆動的木地板上，腳下發出的吱嘎聲如微塵般，為那褪色的寧靜增添了一點點的動靜。

接近書架盡頭之際，崔世暻將最後一本書插入書架，嘴角微微動了一下。

「我想親你。」

嗄？宋理巘抓著的書架錯位處，發出輕微的木頭裂開聲，他假裝若無其事並發出警告：「你牙齒會掉光。」

「我的牙齒很堅固。」

崔世暻迅速地探向書架旁，發出「噫」的一聲，手指勾住嘴角往外拉，炫耀自己整齊的上下齒列。

因為瀏海蓋住了眉毛和圓圓的大眼睛，崔世暻看起來非常純真無邪，完全就是個十九歲的少年。

「你什麼時候會給我答覆？」

而十九歲少年的特點就是坦率，崔世暻那清澈的眼神讓宋理獻無法迴避。初次告白時，宋理獻明確地拒絕了，崔世暻會再次詢問，是因為暑假期間他們的關係有了重大的改變，崔世暻發現了宋理獻的真實身分，並成了他的依靠。

宋理獻在崔世暻的懷裡吐露了自己冤枉致死的憤怒，能夠理解他的只有崔世暻一個人，雖然崔世暻的年紀小他很多，但他還是忘情地哭了出來。

因為崔世暻成了唯一的存在，年齡的差距變得不再重要。

宋理獻也察覺到了這種變化，他不再像以前那樣隨便把崔世暻推開，他也不想這麼做。和崔世暻一起學習，除了成績提高了這點之外，也因為崔世暻在意想不到的地方展現出的純真熱情，讓他和崔世暻相處得很愉快。

然而，戀愛是另一個層面的問題，崔世暻應該和同齡的朋友談一場普通的戀愛。崔世暻不知道自己應該享受平凡的生活，但宋理獻卻看到了每個年齡層獨有的特權，儘管外表是十幾歲的少年，但內心卻是老成的男人，他不能讓崔世暻放棄那份自己無法模仿的青春活力。

「不行，我們還是當朋友吧。」宋理獻拒絕的同時，怕連朋友都做不成，焦慮地來回刮著指甲的邊緣。

明知道崔世暻心裡想什麼，卻還要說做朋友，這是自私的行為。

暑假期間，崔世暻一直在宋理獻身邊幫助他，不只是出於純粹的善意，他一直在

表達自己的真心，幫宋理獻安排沈秀珍和崔明賢見面，都是為了在喜歡的人面前留下好印象。

明明利用了崔世暻對自己的愛意，卻還想在真的宋理獻回來之前繼續保持朋友關係，即使知道這很自私，還是希望能與崔世暻維持關係。

因為崔世暻很可愛，獨一無二，而且……

輕微的眩暈感襲來，宋理獻抓住書架勉強撐住了自己，他感覺有些喘不過氣來，心跳加速，於是鬆開了領帶的領結，宋理獻想要對崔世暻隱瞞這種生理變化，竟讓他感到一股作嘔欲吐的噁心感。

和第一次那個荒唐得幾乎記不起來的拒絕不同，這次的拒絕格外艱難，彷彿被雙倍的重力壓迫著，宋理獻費力地挺直了腰桿，而崔世暻只是笑了笑。

「被甩了啊。」

崔世暻的反應就只有這樣，沒有要求再考慮一下或解釋原因之類的留戀，很乾脆地退開了。

雖然這正是宋理獻所希望的，但奇怪的是，當崔世暻劃下句點時，宋理獻竟感到心口被勒緊般的窒息感，讓他只能費力地喘著粗氣。

崔世暻整個夏天忙著告白他那如微熱般的愛意，被拒絕後，卻很乾脆地接受了。明明應該感到舒暢，但宋理獻卻好像屁股沒擦乾淨般地很不舒服，他甚至懷疑這是否是崔世暻的高明策略，偷偷瞄了一眼，但崔世暻的笑容依舊燦爛，像非武裝地帶一樣和平。

崔世暻一如既往地親切，帶著準備與班導進行升學輔導的宋理獻到輔導室，並對他說：「我會在圖書館等你，結束後來找我。」

鄭恩彩還沒來，宋理獻在空蕩蕩的輔導室等待時，不停地猜測崔世暻的心思，腦袋快要爆炸了，雖然拒絕了告白，但崔世暻的放棄宣言反而讓他更加在意。

這種失落感讓人感到陌生，既然已經決定當朋友了，理應不該有失落感，但這種像飢餓一樣的失落感，伴隨著像失去唯一的那種不安。

宋理獻在慢慢地拿出九月模擬考的成績單時陷入了沉思。平時他看到成績不錯時，總會情不自禁地翹起的嘴角，今天卻拉平了顯得格外嚴肅。

宋理獻坐著的椅子往後傾斜到幾乎要翻倒，只靠後面兩隻椅腳勉強支撐著他的重量一晃一晃。

——崔世暻怎麼會那樣……我還得跟他要五分鐘呢……

推拉門被推開時，宋理獻把椅子坐正，鄭恩彩氣喘吁吁，似乎是跑過來的。

「對不起，理獻。老師來晚了。」

「不，沒關係的。」

這是高三班導最忙碌的時刻，她趕緊準備好輔導資料，將宋理獻的生活紀錄簿、模擬考成績趨勢和國內大學指標等資料一一攤開在桌上，宋理獻也暫時拋開複雜的思緒，專心參與輔導諮詢。

看著攤開的資料，鄭恩彩以讚美拉開了輔導的序幕。

「暑假期間你用功讀書，模擬考成績提高了不少。」

用髒話來說就是「他媽的，累到爆」，但在如同天神般存在的老師面前，不能說粗俗的字眼，於是宋理巘雙手合十，恭敬地低頭行禮說道：「是的，老師。」

「如果能一直維持這個步調，考上首爾地區的大學應該沒問題。」

「首、首爾嗎？」

去年學測成績只拿到七級分的高齡學生深受感動，這是否就是所謂的「老鼠洞裡也會有陽光照射的一天」呢？宋理巘忍住激動的心情，緊緊抿住了嘴唇。

「對啊，沒錯。」鄭恩彩自豪地拍了拍宋理巘的肩膀。

「理巘的模擬考成績很不錯，可以考慮考學測，不過，最重要的是你想讀的科系，你決定了嗎？」

「還沒有，那個……」

「你必須好好考慮這件事，不要單純根據成績來決定，想清楚自己未來要做什麼，是否符合自己的性向和興趣，還有大學畢業後的出路。瞬間的選擇會影響你的一生，聽懂了嗎？」

原來的宋理巘如果靈魂回來，就得把身體還給他，所以他故意不去想遙遠的未來，但鄭恩彩和他不同，她考慮到了大學畢業後的生活。

「就快到推甄申請期間了……推甄的話，理巘的在校成績曾有一次失誤，而且校外活動也不活躍，所以能申請的學校有限……但作為備案，申請看看也是不錯的。」

鄭恩彩一邊翻閱宋理巘的學生記錄簿，一邊努力平復逐漸變得陰鬱的表情，將談話引導向充滿希望的方向，隨後，她根據宋理巘的在校成績，列出了他可以申請的國內大學名單。

「京畿道地區或地方大學也不錯，老師可以幫你申請推薦特招，你有想過申請哪些學校嗎？」

每次的升學輔導諮詢都只是要宋理獻好好想想，這次突然變得具體起來，讓他倍感壓力，平時溫和的鄭恩彩今天似乎一定要聽到答案似的，以無聲的催促，專注地注視著宋理獻。

「我……」宋理獻略帶羞澀地開口，聲音很小。

鄭恩彩不確定自己是否聽錯了，把耳朵傾向宋理獻那邊仔細聆聽。

「我確實有想讀的科系，但是……」

「什麼科系？」

鄭恩彩在腦海裡迅速整理出她可以給宋理獻的各大學特殊申請管道。

「那個……」就像宋理獻原來的靈魂回來了一樣，他畏畏縮縮地說不出話來。

曾經的黑幫竟然懷有這樣的夢想，是不是太不自量力了？宋理獻用力控制住顫抖的雙腿，雖然知道鄭恩彩不僅不會嘲笑，還會提出現實可行的方案，但要說出從金得八時期就深藏心底的祕密，實在是令人難以啟齒。

申請大學是人人皆可享有的自由，擁有夢想也並非可恥之事，但活到現在，不知不覺間就將自己給設限了，處境、情況、社會認知和年齡等成了阻礙新挑戰的障礙。

「理獻，沒關係喔。」

鄭恩彩猜測宋理獻的猶豫不決是因為曾遭受校園暴力，導致自信心大減，儘管看起來已經克服了，但創傷依然存在，像看不見的障礙一樣，阻擋了新的挑戰，她希望宋理獻能夠跨越這些障礙。

鄭恩彩不希望學生們失去那有如星星般燦爛的可能性，她心目中那有如星星般燦爛的可能性是不分年齡，每個人都擁有的。

「雖然學測常常受到質疑，但大家仍然在努力追求公平公正，尤其是模擬考，所有人都在同樣的條件下應考，不論年齡、不管經歷過什麼，都能公平地測試自己的可能性。理獻，你模擬考考得好是你的能力，你應該感到驕傲。」

她將宋理獻九月模擬考的成績單推到他面前，高級分成績是他過去兩年裡日夜苦讀的成果，在鄭恩彩的鼓勵下，宋理獻終於鼓起了勇氣。

「我啊，這裡，我想申請這所學校……」那缺乏自信的手指猶疑不定地指向國內某所大學的校名。

「喔，這裡……」鄭恩彩看到宋理獻所指的那所大學後，笑容變得不大自然。

宋理獻在星星閃爍的黎明時分出門，在清晨鳥鳴時回到了家，他壓低了連帽衫的帽簷，額頭上滿是汗珠。

「呼……呼……」

最近幾天，宋理獻因為讀書所以沒做早晨運動，今天久違地跑了一下，結果比平時更快氣喘吁吁，為了不過度勉強自己，他保持著規律的呼吸，跑到藥泉亭後再跑回來，這時裡面穿的白色T恤已經濕透，緊貼在肌膚上，雖然有些不舒服，但劇烈運動後的暢快感更勝一籌。

宋理獻回到家裡，客廳顯得冷清，通常這時宋敏書會坐在客廳沙發上，出神地望著庭院，但現在卻沒看見她，宋理獻四處張望，聽到廚房傳來水聲，走進廚房竟看到宋敏書圍著圍裙，他不敢相信地揉了揉眼睛。

宋敏書正在處理一個長得像葫蘆的綠色進口蔬菜，她把葫蘆切成兩半後，裡面飽滿的種子便露了出來，看來是要去除種子，宋敏書以那雙毫無神采的眼神高舉菜刀，鋒利的刀身閃過一抹翠綠的光芒。

「手，小心手！」宋理獻急忙喊了一聲，趕緊衝了過去。

原本在一旁緊張徘徊的瑞山大嬸也連忙衝了過來，「哎喲，夫人啊！」

然而，似乎在嘲笑他們似的，宋敏書揮舞的刀鋒準確地刺進了種子內，她旋轉著刀身將種子完全去除，然後將酪梨放在砧板上斜切，刀鋒幾乎貼著指尖劃過，讓人看得膽戰心驚。

漫不經心地切著酪梨的宋敏書，看到宋理獻雙腿發軟跌坐在地，一副很不以為然的樣子，接著喊道：「去沖澡。」

「……」

「然後吃飯。」

偶爾傳來不規則的砧板聲迴盪在這個清爽的早晨。

宋理獻上了二樓，進入浴室脫下上衣扔進洗衣籃。纖瘦的肌肉隨著動作微微顫動，接著脫掉運動褲扔掉，全裸著準備進入淋浴間時，洗手臺的鏡子讓他停下了腳步。

那個看起來脾氣暴躁，即使什麼也不做，也像是在瞪著人的少年正怒視著自己。被鏡中的自己嚇到已經是過去的事了，宋理獻的臉已是再熟悉不過，要是映出金得八的話反而會嚇一大跳。

那個留著厚重劉海的臉早已在記憶中消失，宋理獻撫摸著自己下顎的兩側，感受著微小的變化。

剛進入宋理獻的身體時，眼神並沒有那麼凶狠，但因為到處向這個、那個報仇，眼神逐漸變得如貓般銳利，他看著鏡子中那雙銳利的眼睛，像著了魔一樣喃喃自語：

「……我想就一直這樣活著。」

以宋理獻的身分、以這個模樣一直活著。

所有事情都很順利，學校生活很有趣、成績也在上升，雖然為了推甄維持在校成績很辛苦，但是聽到老師說考學測，也有機會上首爾地區的大學，以及，宋敏書的狀況也在好轉，日常生活上沒有問題，照這樣下去，夢寐以求的無憂無慮的大學生活就在眼前了。

沒有人會發現的，現在大家都以為那個膽小的宋理獻變了，只要維持這種改變就好，只有崔世暻在找原來的宋理獻，但現在，崔世暻也或許會選擇視而不見。

崔世暻說自己喜歡的不是宋理獻，而是宋理獻體內的金得八，還說自己很擔心他會離去，即使什麼都不說，和平時一樣相處，崔世暻也不會再追問宋理獻的靈魂何時回來。

金得八和宋理獻的界限變得模糊，理智也越過了不可逾越的界線，模糊不清的身分讓混濁的靈魂開始貪戀不應該擁有的東西。

深沉的慾望開始浮現。

現在的改變是金得八的靈魂所做的，若是原來的宋理獻，只能在現實中受盡委屈，所有事情得以獲得處理，都是因為他是金得八的靈魂才能做到。

即使原來的宋理獻靈魂回來，也承受不了已經改變的現實，與其如此，不如讓金得八代替宋理獻的靈魂活著，或許對雙方都更有利。

越來越深沉的瞳孔被貪婪吞噬，陷入卑鄙的合理化中，貪戀著宋理獻的身體。這很簡單，如果宋理獻的靈魂回來了，那假裝不知道就可以了，沒有人會發現，即使是崔世暻也不知道宋理獻的靈魂是否回來。

沒有人知道，就算繼續用宋理獻的身體，假裝是宋理獻生活，也沒人會知道。

連面對鏡子的那一瞬間，他也被想奪取宋理獻人生的慾望所吞噬。

啪！肉與肉的碰撞聲如同狠狠抽打的鞭子般毫不留情。

「瘋子。」宋理獻甩了自己一巴掌，頭偏向一邊，鏡中少年臉上卑鄙的慾望頓時消失了。

——瘋子、發瘋的混蛋、無恥的傢伙……

他每罵自己一句，就狠狠地搧自己的臉，即使是打自己的臉，他的手勁也絲毫不減，漸漸臉頰因為承受不住力道而變得紅腫，嘴裡瀰漫著血腥味，他一直等到發燙的臉頰失去知覺時，才打開冷水淋浴，即使受了傷的臉頰被冷水刺激到感到劇痛，他也沒有吭一聲。

雖然只是打了自己巴掌，但粗重的呼吸聲在浴室的瓷磚牆上迴盪，宋理獻從下巴上拭去凌亂的水流，望著鏡子，起伏的胸膛不停顫動，然後自言自語叮囑道：「你只要回來就好。」

他說得斬釘截鐵地，不讓遊蕩在某處的宋理獻靈魂有其他的念頭。

「別胡思亂想，平安回來就好，知道嗎？」

金得八的肉體被火化時，他所感受到的那種肉體與靈魂分離的失落感，他在這個身體還沒有體會到，這意味著這個身體與宋理獻的靈魂依然相連。宋理獻的靈魂仍然存在於某處，或許是他還沒做好回到現實的心理準備，或是還有想解決的事，不管他心裡是怎麼想的，宋理獻的靈魂確實存在著。

「一定要回來。」

他再三叮囑自己，不能貪戀這個少年的肉體，這既是對自己的警告，也是施加給自己的枷鎖。

下學期開始後，宋理巘吃飯和讀書的單調生活出現了一點變化，那就是午休不再踢足球，而是得去漫畫社的社團教室。

漫畫社的學生們最終不得不重新製作畫板，他們也不是修復專家，無法修復那塗滿黑色顏料的畫板，只能全部刮掉重畫，而事件的元兇宋理巘自願幫忙上色。

從社團教室敞開的門縫裡，傳出了陣陣笑聲。

「你來了啊？」

在歡聲笑語的人群中，有如花蕊般坐在正中央的崔世暻向來人揮了揮手。

崔世暻去年擔任全校學生會會長，他俊美的容貌在校內廣為人知，現在他正以特有的親切與社團成員們打成一片。

「你怎麼會在這裡？來玩的嗎？」

儘管宋理巘冷淡地詢問，崔世暻依然如花般地綻放笑容。

在圖書館告白失敗的崔世暻親切如常，繼續輔導宋理巘的功課，看到他不會使用自動販賣機時也沒嘲笑，還教他如何操作，會勾肩搭背，但不會有過多的肢體接觸。從那之後，崔世暻的告白就像仲夏夜之夢般消失得無影無蹤。

宋理巘雖然感到困惑，但同時也覺得這可能是件好事。

金得八會貪戀宋理巘的身體，崔世暻也有一部分的影響，和他在一起很有趣，成績進步帶來的快樂也很不錯，加上身分已暴露，可以更自在地行動，但隨著想要與崔世暻保持好關係的心情日益強烈，某種程度上也轉化為想占有宋理巘身體的慾望。

和崔世暻在一起……讓人捨不得離開。

當宋理巚有了警覺，立刻決心要和崔世暻保持距離，他也裝作崔世暻從未告白過，雖然好奇對方在打什麼主意，但他沒追問。然而好奇心很容易轉變成關心，而當關心轉化成理解或共鳴時，人們通常稱之為愛慕或愛情。

只希望日後崔世暻老了，對孫子說「我高中時有個很特別的同學……」能這樣被回憶就足矣。

宋理巚嚴肅地抬起下巴，打算和崔世暻劃清界線，但可惜的是，宋理巚看起來並不嚴肅，一名女學生快步跑過來，輕輕按了宋理巚臉頰上的紗布，顯得很驚訝，那是宋理巚自己摑自己造成的傷。

「天啊，你的臉頰怎麼了？」

宋理巚因為這件事在上學路上已經感到很煩燥了，平時的話，崔世暻會撕開紗布檢查傷口，但這次他只是問了一句「你沒事吧？」就沒有其他反應，這讓宋理巚的心情變得很糟。

宋理巚雖然知道揭開紗布檢查傷口是特別的舉動，但臉上的傷口在崔世暻的眼中似乎變得平凡，這比想像中更讓人感到不快。

「受了一點傷。」

對女學生的關心不大領情的宋理巚，為了敷衍過去，他用腳踢了踢崔世暻的室內鞋說：「你玩夠了就走吧。」

「唉，哥，你為什麼這樣對待世暻學長大人啊。」

「為什麼叫我哥，卻稱呼他為學長大人？」

要計較的話，按照靈魂的年齡，宋理獻才是最應該被稱為「大人」的人，然而男學生只是厚著臉皮咧嘴笑著說：「嘿嘿，因為跟哥比較親嘛，叫你學長大人太見外了。」簡單地說，就是因為覺得他好欺負才只叫他哥。

因為宋理獻弄壞了畫板，造成他們得重畫而感到抱歉，在知道其他社團偷偷叫外賣後，宋理獻也幫他們叫了幾次炸雞，結果讓他們之前說怕生的藉口變得毫無意義，彼此成了稱兄道弟的關係。

想讓高中生稱呼自己為「大人」而擺架子也挺好笑的，宋理獻隨便敷衍幾句後，便開始找畫筆。社員們怕再次被他搞砸，宋理獻被指派的任務是在嚴密的監視下，為鉛筆輕描的地方上色。

一邊喊著「哥、哥」的男學生跑過來，蹲坐在宋理獻的身邊。

「快點上色，校慶剩沒幾天了！今天的工作量是從這裡到這裡。」

「怎麼又變多了？」

小小年紀就懂得使喚人了。

「哇，哥，你發現了啊？挺敏銳的嘛？」

崔世暻那邊充滿歡笑聲，簡直像是校園劇，而這邊卻像是生活體驗營，崔世暻的笑聲越響，宋理獻越覺得肝火上升，只能勉強聽從男學生的指示，然而，這生活體驗營卻儼然成了苦工勞動場。

「哥，好好畫啊，別再像之前那樣搞砸了，從深色開始塗的話顏色會混在一起。噢，哥！你怎麼又把顏色塗到那裡去了！」

聽說這位男學生正在準備美術大學的入學考試，他用顏料刀熟練地刮掉了宋理獻塗錯的地方。

雖然男學生清理了那些和一般顏料不同的黏稠顏料，但他像是嘮叨上了癮，一直黏在宋理獻的旁邊，考驗著宋理獻的耐心。

「呀，你。」忍無可忍的宋理獻眼神一凜，將頭湊近那個男學生，因為靠得太近，兩人鼻尖上的汗毛幾乎要碰到了。

「是……是？」不像先前裝作嚴肅卻顯得可笑的樣子，宋理獻發怒咆哮時，男學生頓時變得畏畏縮縮的。

距離太近也是原因之一，近距離對視時，宋理獻很淺的瞳孔顏色顯得清澈，那看不見毛孔的皮膚應該很柔滑，男學生忍不住嚥了嚥口水，但宋理獻營造出的凶狠氛圍，讓人連嚥口水都要小心翼翼。

「別太嚴格了，我是因為眼花才會這樣。」宋理獻的身體雖然年輕，但靈魂的習慣卻不經意地流露出來。

鬆了一口氣的男學生也開始耍起了小性子：「哎呀，搞什麼啊！嚇死我了。」男學生親暱地用肩膀磨蹭宋理獻，就在宋理獻以為自己可以脫離這個生活體驗營時，卻又出現了新的麻煩。

「道英啊，也教教我吧！這要怎麼做啊？」崔世暻喊著那個和宋理獻肩膀相蹭的男學生的名字走了過來。

崔世暻搭著男學生的肩膀，擠進了狹小的空間，被擠到一旁的宋理獻氣呼呼地趕走崔世暻：「你去玩你的吧。」

「我怎麼能讓朋友一個人受苦呢。」親切的崔世暻使用了一種話術，將趕走他的人塑造成壞人。

「那你去那邊做吧，這裡太擠了。」

「道英啊，可以給我畫筆嗎？」

「我叫你走開。」

「道英啊，這顏料真特別，能告訴我怎麼用嗎？」

「喂，你沒聽到我說話嗎？」

「理獻啊，不好意思，你能往旁邊挪一下嗎？這裡有點擠。」擠進金道英和宋理獻之間狹小縫隙的人明明是崔世暻，卻反過來要別人讓開，儘管崔世暻語氣親切，但宋理獻根本沒有打算要讓開。

宋理獻對他無視自己的話感到不解，覺得崔世暻這無謂的固執像是在挑釁，氣得向下重擊了一拳，「喂！」

只是這樣而已，只是用拳頭重擊了一下畫板，不知道為什麼手中的筆刷飛了出去，更巧的是，它還恰好飛向了崔世暻，簡直是墨菲定律的最佳演繹，就這樣沾滿顏料的筆戳在崔世暻的胸膛，然後掉在他的校服褲子上。

「……」

眼睛下垂如小狗般的崔世暻和眼角上揚形似貓咪的宋理獻，兩人瞠目結舌地看著彼此。

廁所的洗手臺不斷傳來水流聲，崔世暻脫下校服襯衫，在水流下搓洗，而宋理巘站在後面不知所措，只能來回踱步。

「你呀，剛才怎麼不往旁邊讓一下，一直坐在那裡……」為了掩飾尷尬，宋理巘開始責怪世暻，但又覺得不妥便閉上了嘴。

明明感到抱歉，但內心卻莫名其妙地生著悶氣，說不出對不起，在社團教室裡也是因為這股悶氣才沒讓位，宋理巘心煩意亂地撥弄著短髮，搞不清楚自己為什麼對崔世暻感到不滿。

是因為崔世暻收起感情收得太過乾脆嗎？是因為今天早上他沒有特意揭開紗布檢查自己的傷口嗎？還是因為他的那句「道英啊，道英啊」親暱地叫那個黝黑的男生讓人討厭？

無論什麼都無法成為宋理巘對崔世暻生氣的藉口，崔世暻對他也很親切，不是還說要幫他上色？

崔世暻對拒絕自己告白的宋理巘，也像對其他所有人一樣的親切。

其實只要挪個位置就好，宋理巘卻因無謂的情緒而堅持不動，結果弄髒崔世暻校服的是自己，雖然不想像心智年齡倒退般表現得幼稚，但舌頭就像打結一樣，說不出一句對不起。

「對不起，我不該無理取鬧。」崔世暻反而先道歉了。

到底誰才是真正的大人，強烈的自我懷疑湧上心頭，宋理獻用手遮住了臉，從指縫中吐出了「我也很抱歉」之類的咕噥聲。

為了去除衣服上的污漬，崔世暻已經搓洗了一段時間，但不知為何還沒結束，宋理獻覺得奇怪便仔細觀察，發現他的動作很不熟練，雖然在搓洗布料，但卻沒有用肥皂，只是輕輕搓洗，因此污漬沒有被去除。

到底是在洗衣服還是在水裡攪和，宋理獻覺得太離譜，忍不住諷刺地說道：「你沒洗過衣服嗎？」

「嗯。」

這對崔世暻來說是事實，他的確沒洗過衣服，所以沒有聽出諷刺的意味。

——真是個少爺啊……

宋理獻從一不小心就露出嬌生慣養模樣的崔世暻手中搶過了校服襯衫，「給我。」他推開了崔世暻，占據了洗手臺，然後用肥皂水使勁搓揉沾到顏料的地方，顏料從纖維間脫落，清澈的水染上了各種顏色。

「你的褲子。」宋理獻透過鏡子指著沾有紅色顏料的大腿內側。

褲子又不能脫掉，它不像上衣裡面有背心可以遮擋，當崔世暻無奈地抬起頭時，宋理獻沒好氣地問道：「幹麼？那裡也要幫你洗（吸）[2]嗎？」

注釋② 洗：韓文빨다有洗（衣）的意思，也有吸吮、含的意思，這裡是雙關語。

雖然沒有那個意思，但因為是大腿內側的位置，「幫你洗」這話聽起來像是「幫你吸」，說話的宋理巘也發現了，連忙補充解釋：「我幫你洗（吸）褲子，你要脫就脫吧。」

不過，本想解釋的話語反而更容易引起誤會，崔世暻和宋理巘都是血氣方剛的青少年，兩人尷尬地目光四處游移。

「……不，不用麻煩了。」

兩個人都不再說話，周遭又只剩下嘩啦嘩啦的水聲。

等污漬全部洗掉後，宋理巘將擰乾了的上衣遞給崔世暻，在接過如同麻花般扭擰的襯衫時，兩人的指尖相碰。

宋理巘的手指因長時間泡在冷水中，指尖變得紅通通的，崔世暻接過上衣時停頓了一下，目光停留在那紅潤的指尖上。

和崔世暻面對面站著時，宋理巘突然意識到身後是洗手臺，左邊是牆壁，右邊是崔世暻拿著濕上衣的手，此刻站立的位置是個難以輕易脫身的格局。

宋理巘認清處境後，突然用舌頭舔了舔發白乾燥的嘴唇，因為崔世暻總是像現在這樣，把他逼到角落後吻他，當他因指尖的親切接觸而鬆懈時，崔世暻就會將他困住，拉住他的手，不讓他逃脫，最後兩人的嘴唇相碰。

宋理巘的視線微微上揚，映入眼裡的是崔世暻的嘴唇，他已多次領略過那唇瓣如何貼近，因此心中充滿了可能會被親吻的緊張感。

宋理巘其實並不想接吻，雖然對崔世暻抱有某些期待，但那份情緒應該不是身體接觸，他也不知道自己想要什麼，只是盯著崔世暻的嘴唇，那緊閉且用力的嘴唇應該會有答案。

「……謝謝。」

不過，崔世暻並沒有滿足宋理獻的期望，他只說了一句人人都會說的尋常感謝話，便接過濕上衣，彷彿從未碰觸過泛紅的指尖般，崔世暻乾脆地離開，把宋理獻獨自留在廁所。

「……呼？」

被留下的宋理獻滿臉疑惑，不明白此刻是什麼情況，但隨即臉頰變得緋紅，後悔和尷尬讓他跌坐在地。

「不是吧，這到底是什麼……」

不只是埋在膝蓋間的臉，就連耳根也紅得難以形容。

⁂

宋理獻最近親身體會到「學習」比不上「經驗」的道理，他深刻感受到什麼叫做「丟臉」，也明白了為什麼年輕人會說「踢被子」③，以及班上同學為什麼會在班群

注釋③ 踢被子：이불킥（Blanket Kick）的意思是指之前發生讓自己懊悔的事情，在那當下沒有表現出情緒，在晚上睡覺前心裡越想越嘔而做出來的踢被子的動作。

裡發「再見了，各位！」[4]這樣的梗圖。

宋理巘也想像圖片中的女孩那樣逃離，竟然會沒事到和那小子搞曖昧，而且還很緊張，他在解題時突然想起這段記憶，非常想尖叫，但崔世暻就坐在旁邊讀書，他壓抑著羞愧，只能折斷了那在他顫抖的手掌中無辜的自動鉛筆筆芯。

儘管如此，因為有了經驗，宋理巘不再像以前那樣躲避崔世暻，畢竟躲也躲不掉，而且崔世暻表現得彷彿什麼事都沒發生過，宋理巘也只好假裝不知道廁所裡的那曖昧氛圍。

放學鐘聲響起，宋理巘一邊整理背包一邊告知了崔世暻：「你先回去，我今天要幫漫畫社的孩子們準備校慶。」

崔世暻眨了眨那雙善良的眼睛，背上背包說道：「一起去吧，我幫你。」

宋理巘三七步站著，趕走崔世暻：「你還是先走吧。」

雖然崔世暻說要幫忙，看起來很親切，但這種對所有人都一樣的親切，宋理巘並不想要。

然而，善良的崔世暻不忍心看到朋友獨自辛苦。

冰冷的空氣鑽進了脖頸，讓宋理巘從睡夢中醒來，因為明天就是校慶，社團的學生們像考前臨時抱佛腳般趕著處理積壓的工作，他也跟著一起幫忙，工作累了想暫時躺一會兒，把椅子拼在一起小憩一下，沒想到竟然睡著了。

宋理巘眨了眨乾澀的眼睛，凝視著籠罩在藍色暗影的教室，他似乎睡得很熟，睡前教室還有夕陽照耀、孩子們來回在走動，此刻已經暗了下來，一片寂靜，平日熟悉的教室在黑暗中顯得陌生。

「醒了嗎？」

崔世暻端坐在桌前，望向窗外，長瀏海被夜風吹開，露出白皙的額頭，月光照在崔世暻如新月般的笑容上，與深藍的夜色相互輝映。

已經叫崔世暻先走，但他卻堅持跟來幫忙。

對宋理巘來說，校慶很新奇，而且參與其中也很有趣，但崔世暻已經參加過了，不知他為何還要跟來。

宋理巘揉了揉像鳥窩一樣亂的後腦杓，站了起來，厚重的毛毯從胸前滑落，他看了看毛毯和空蕩蕩的教室，清了清沙啞的喉嚨。

「嗯哼，咳……其他人呢？」

「我讓他們先回去了。」

崔世暻撿起滑落的毛毯，對折後放在宋理巘的膝上。

注釋④　再見了，各位：「再見了，各位！」是韓國很流行的辭職梗圖，出自日本漫畫《犬夜叉》中角色日暮籬的臺詞，該臺詞出現於《犬夜叉》動畫第 128 話「再見了，各位！我要拋開世上所有的枷鎖和束縛，開始尋找自己的幸福。大家也要幸福哦——」常用於表達自困境或煩惱解脫的情境。https://youtu.be/KH2OuJRzN8A

「要顧好身體，別太勉強自己，要是學測那天生病就不好了。」

崔世暻好像知道，宋理獻會在一個這麼不舒服的地方拼著椅子睡著，都是因為他流著鼻血熬夜讀書的緣故。

「走吧。」

接過崔世暻遞過來的背包走出教室，兩人的腳步聲在空蕩蕩的走廊中迴響，夜晚的學校安靜得令人陌生，和結束晚自習後學生們蜂擁而出的情景截然不同，走廊中央的飲水機運作時發出低沉的嗡嗡聲，這是在學生喧鬧的白天聽不到的聲音。

「崔世暻。」

宋理獻的呼喚聲在走廊中迴盪，與白天的喧鬧形成對比，正在下樓的崔世暻轉過頭來，臉上掛著親切的微笑，彷彿準備接受任何埋怨似的。

「你啊，你，我想說的是……」

——你現在真的不喜歡我了嗎？

然而，那個已經到了嘴邊的問題最終還是沒有說出口。

宋理獻當初的確是想和崔世暻成為朋友，但真的成為朋友後，卻感覺有些空虛，覺得這樣不對，這不是自己想要的，似乎對崔世暻還有什麼別的期待。

空虛感如口渴般灼燒著喉嚨，像飢餓一樣折磨著他。

宋理獻的性格不適合忍耐，他更傾向於在遇到問題時直接對抗解決，他喜歡親力親為，用拳頭解決問題，無所畏懼且大膽，同時也具備審慎評估對手的能力。

他親身參與過骯髒的幫派鬥毆，也在生死攸關的激戰中勝出過，這種程度的高中生對他來說根本是小兒科，沒必要拖拖拉拉。

然而，他猶豫的理由只有一個，如果宋理巘的靈魂回來了，就得歸還這副身體，問了又能怎樣呢。

宋理巘叫住崔世暻後卻不說話，於是崔世暻問道：「怎麼了？」

當崔世暻打算回頭時，宋理巘一邊叫他別過來，一邊快步走向崔世暻。

「……一起去吃飯吧。」

他唯一能做的就只有日常對話。

「我討厭湯飯。」

「你以為我只吃湯飯嗎？」

他一時氣惱，想要列舉出十幾歲青少年喜歡的菜單，但腦中卻一片空白，更何況像今天這樣寒冷的日子，暖胃的熱湯最適合不過了，沒有比湯飯更好的選擇了。

宋理巘揮去腦海中浮現的各種湯飯料理，將選擇菜單的權力讓了出去：「那就吃你想吃的吧。」

「吃義大利麵吧。」

宋理巘嘟囔著，真是的，年輕人就是不懂養生。

「那個好吃嗎？我覺得太膩了，不知道有什麼好吃的……吃完還讓人反胃。」根據前些時候和崔世暻一起去義大利麵專賣店的記憶，宋理巘提出了不滿。

崔世暻則指出了他遺忘的事實：「連盤子都舔得一乾二淨的人就別說這種話了。」

「喂，有食物就要吃完啊，怎麼能浪費呢？」

時間已經很晚，只有自修室的燈還亮著，但平時會鎖上的中央大門卻敞開著，可能是考慮到學生們為了準備校慶會待到很晚。

明天就是校慶，操場和校園各處堆滿了各個社團準備的工具，宋理巘興致勃勃地觀察著這些痕跡，發現空曠的籃球場後拉著崔世暻過去。

「過來一下。」

籃球場雖然昏暗，但多虧學校圍欄外的路燈，還是能辨認周圍環境。籃球部的學生們似乎為校慶準備了一些物品，觀眾席附近有籃球和計分板，還有一個開了洞讓人把臉伸進去拍照的立牌。

狀況良好的球被鎖在球櫃裡，但有幾個搬運時落下的舊籃球在周圍滾動，似乎不在乎被偷。宋理巘從中挑了一個氣沒漏太多、還保有彈性的球試了試，勉強還能用。

宋理巘把單手拍著的球傳給了崔世暻，然後問道：「要打籃球嗎？」

「現在？」崔世暻雖然接住了籃球，但顯得不情願。

崔世暻是個連午休時間都不想流汗的傢伙，他不踢足球，對籃球也沒什麼興趣。

「有賭注的籃球也不喜歡嗎？實現對方的願望。」

「……」

賭注籃球似乎引起了崔世暻的興趣，他顯得有些猶豫。

宋理巘脫下背包丟在看臺上，甚至把外套也脫下來扔在背包上，然後捲起袖子，顯得相當認真。

「賭吧，我有事需要你幫忙。」

「你需要什麼？」

「五分鐘。」

他需要實現和崔明賢約定的五分鐘，當初他大膽地跟崔明賢承諾給予崔世暻的五分鐘，那時他很習慣把崔世暻帶在身邊，也許當時還有利用崔世暻喜歡自己的不純意圖。因此，如果崔世暻已經放下了感情，那他就必需另外爭取這五分鐘，而且為了應對宋理獻的靈魂回歸時刻，也有必要提前準備好這五分鐘。

贏了這次的籃球比賽，要求五分鐘就可以了，宋理獻再次明確地提出要求。

「什麼都行，有求必應的五分鐘。」

「什麼都行？」

「嗯，什麼都行。」

宋理獻刻意強調這番話，他怕崔世暻之後會拒絕與崔明賢對話，然後他厚著臉皮看著崔世暻，一副你怎麼還不快點準備的樣子，崔世暻深思熟慮後，把球扔了出去說道：「好，賭吧。」

崔世暻把背包和領帶脫下放在籃球架旁，學宋理獻捲起袖子。這時，接過籃球的宋理獻開始拍球，還在雙腿間來回傳接，他那小巧的手掌彷彿有無形的線相連，靈活自如地操控著碩大的籃球。

「先進三球的人贏。」

「好。」

崔世暻只是沒有學過格鬥技，但他天生的身體素質和運動神經非常優秀，宋理獻曾多次敗在他手下，因此不敢小覷崔世暻，論身體條件，崔世暻占上風，但宋理獻在經驗上遠勝一籌，他認為只要全力以赴，勝算很大。

——你死定了，臭小子。

其實從提議賭籃球的那一刻起，宋理獻就沒想過會輸，比賽還沒開始，他就因勝券在握而忍不住笑了，他那雙充滿勝負欲的眼睛閃爍著光芒，尋找著對方的破綻。

大約二十分鐘後，大字型地躺在籃球場上喘氣，感覺肺部快要爆裂，胸口劇烈起伏的那個人是宋理獻。

「哈，瘋子，那小子體力怎麼這麼好……」

和躺平的宋理獻不同，崔世暻除了呼吸變得急促外，和打籃球前沒什麼兩樣。

即使籃球天賦再高，在一對一的比賽中，身體上的差距，尤其是身高差距，還是很難克服的。

所謂現在的孩子發育好，這話用在崔世暻身上也適用，他那寬闊的胸膛和肩膀防守得密不透風，結果宋理獻好不容易才投進一球。

因為只有自己累到癱倒在地上，宋理獻氣呼呼地大喊：「你是嗑了什麼藥啊？」

「什麼藥啊？您這話說得也太可怕了。」

崔世暻像是故意挑釁，用一隻手輕輕一甩，就把籃球投進了籃框，穿過籃框的籃球彈跳幅度漸漸減小，最後在地上滾動。

宋理獻咬緊牙關，燃起復仇之火，這次他下定決心要贏：「喂，再比一次。」

崔世暻聳了聳肩，伸手要扶宋理獻起來。

宋理獻抓住了崔世暻的手，當他想借力站起來時，沒想到崔世暻的手一下子就把他拉了起來。

「……唔！」

宋理獻半起身時無力抵抗，被拉了過去，兩人的嘴唇在毫無預警中相貼了，路燈下兩人的影子合而為一，少年們突然靜默，籃球滾到他們的腳邊，停了下來。

崔世暻捧著宋理獻因奔跑而泛紅的臉頰，微微側了側頭。

無論是貼在臉上的手，還是交疊的雙唇，都熱得燙人，在籃球場上奔跑也只是讓呼吸變得急促，此刻卻能感覺到呼吸在顫抖。

「你……這個傢伙！」在柔軟的溫暖中僵住的宋理獻突然清醒，推開了崔世暻。

崔世暻雖然移開了嘴唇，但手依然捧著宋理獻的臉頰，他結實的胸膛稍微顫抖了一下。

「五分鐘還沒結束。」

宋理獻正要把捧著臉頰的手拿開，聽到崔世暻的話後，沒能甩開他抓住的手腕。

「是你說什麼都行的。」崔世暻的拇指輕輕撫過宋理獻的臉頰，說道：「因為你不喜歡我。」

聽到崔世暻像早已習慣似的冷淡說出這句話，受傷的卻是宋理獻。

「我給你五分鐘，你做什麼我都可以原諒你的五分鐘，所以你也要原諒我。」

崔世暻彎下了腰，吻了上去。

這一次宋理獻也沒能推開崔世暻。

崔世暻一直在忍耐，他的成長過程就是如此，崔明賢害怕他會無法控制自己的衝動，把幻想變成現實，所以一直壓抑著他。

比起貪心，崔世暻先學會了忍耐，嚴厲的父親所強加的道德中，不允許他對他人有絲毫的執著。

對多次拒絕自己的對象告白是一種執著，圖書館的告白是崔世暻的最後一道防線，當防線崩潰後，崔世暻便決定放下這份心意，反正他已經習慣放棄，貪欲也會逐漸消退。

崔世暻等待著對宋理獻的感情淡去，但整個夏天積累的微熱卻未能消退。

——五分鐘，就五分鐘，五分鐘的話應該可以放縱一下吧？短暫的誘惑讓崔世暻動搖了，他贏了籃球比賽，加上周圍一片昏暗，沒有人在監視，覺得或許可以放縱自己五分鐘，而他嚐到的果實是甜美的。

「哈……」呼出濕熱氣息的崔世暻，貼上了自己的嘴唇。

看著崔世暻那如水霧般濕潤的眼眶，宋理獻也閉上了眼睛，或許還微微張開了嘴唇，毫無技巧地相貼的嘴唇是如此炙熱。雖然沒有任何快感，宋理獻的心臟卻顫抖不已，隨著身體變得火熱，腳趾也蜷縮了起來。

然後他明白了自己缺乏的是什麼了，那飢餓般缺失的源頭就是崔世暻，當他確認了崔世暻那純粹、即使被利用也無所謂的心意後，飽足感油然而生。

對宋理獻來說，崔世暻是唯一的；同樣的，崔世暻也希望宋理獻是他的唯一，他想要的是特別對待宋理獻的崔世暻，而不是對所有人都親切的崔世暻，他需要的是那個熱切地吻著他的崔世暻。

他希望對方不要放下對自己的感情，繼續喜歡自己。對於這激烈跳動的心臟、想成為崔世暻特別存在的慾望、希望崔世暻喜歡自己的自私，宋理獻還無法定義這些心情。

他只是緊緊握住崔世暻捧著自己臉頰的手腕，以免自己在混亂中迷失方向。

在城市的中心，少年們接吻了。

在普通學校的圍牆內，常見的籃球場上，他們接吻了。

第二章

我們的問題不在吵架，而是關係變得特別了

在一片無雲的蔚藍高空下，校慶日到了。從一、二年級學生沒有揹書包上學的輕快腳步開始，拉開了校慶的序幕。各個社團聚集在空曠的操場上，學生們豎起鐵柱，蓋上藍色防水布，搭建了攤位帳篷。

在校慶舉行的兩天裡，三年級學生仍然正常上課，但第一天下午則不安排正規課程，讓他們參加校慶活動。

到了下午，三年級學生蜂擁而出，人數激增，校慶的氣氛越發熱烈。

無論在哪裡，總會有人引人注目，一、二年級學生們的話題集中在一位橫掃運動社團獎品的神祕學長。

從「你見過那位學長嗎？」具體化成為「聽說那位學長橫掃了網球社和足球社的獎品」，最終簡化成「那位學長」成為指稱某人的專屬稱呼。

準備水球投擲遊戲的校刊社學生們，也在補充水球的路上談論起「那位學長」，一、二年級的學生中沒有人認識他，所以沒人知道他的身分，但從漫畫社二年級的學生稱呼他為「哥」來看，大家推測他應該是三年級的。

三名校刊社的男學生手提著裝滿水球的籃子邊走邊聊，由於雙手無法騰出來，只好用肩膀推了推歪掉的眼鏡。這三人剛好戴著不同款式的眼鏡，分別是角框、圓框和方框眼鏡。

「每次午休時間在操場踢足球時都有看到他，他是足球社的嗎？」

「他和漫畫社的人一起到處宣傳呢，總之，聽說他把獎品全掃光了。」

「但是，為什麼去年校慶沒見過他呢？」

在讓成群結隊的社團宣傳隊先行通過時，戴角框眼鏡的男學生朝空中揚了揚下巴說：「喂，看那邊！是那位學長！」

學生會租借的大型充氣城堡占據了操場的角落，這個以獨角獸為主題的大型遊戲設施，以高約五公尺的獨角獸上半身為中心，有巨大的滑梯、螺旋樓梯、斜坡攀繩等各種柔軟的設備組成。

灌飽空氣的充氣遊樂設施很柔軟，受傷的風險較低，但走動起來很困難，因為腳容易陷下去。

學生們如螞蟻般蜂擁而上，在充氣城堡上蹦蹦跳跳，跌倒後咯咯笑著翻滾。

儘管如此，一些好勝的學生仍奮力地想攀爬到充氣城堡的高處，其中一人特別引人注目，那就是宋理獻，他像一隻貓，靈活地跳過摔倒和動作遲緩的學生，快速地往上衝。

其實，宋理獻的頭上還戴著一對尖尖的貓耳，他不只被漫畫社的人逮住畫上了貓鼻子和鬍鬚，還戴上了一個有貓耳的髮箍。

宋理獻跑得忘我，忘記自己戴著髮箍，臉色紅潤地在獨角獸的背上奔馳，他雖然力量不足，但靈活且富有彈性的身體在腳陷下去之前就邁出了下一步。

「哇，真是太厲害了。」

「真他媽帥……」

穿著藍色背心的安全人員似乎也是第一次見到這樣的學生，他們的目光緊跟著在充氣城堡上飛奔的宋理獻。

「那位學長是體育特招生嗎？」

宋理巘像跳入太陽中心般，跳躍越過障礙物，進入獨角獸頭部的陰影時，他的容貌變得清晰可見，小巧臉蛋上五官分明，即使在遠處也能辨認。

戴著圓框眼鏡的男學生推了推鏡架，在仔細觀察後認出了宋理巘後開口說道：

「我知道那位學長。」

宋理巘站在三公尺高的充氣滑梯上，準備站立滑下去，他像滑板玩家般壓低身體保持平衡，然後伸出右腳，用襪子開始滑行，那稚嫩的臉上充滿了頑皮的笑容。

「聽說那位學長是同性戀。」

「啊啊，他就是那位學長嗎？我也有聽過，聽說他去年因此受到了很嚴重的校園霸凌。」

宋理巘以驚人的速度滑下滑梯，擋在他前面的學生們紛紛自動讓開，他的短髮隨風飄動，校服襯衫鈕扣鬆開，如白色羽翼般向兩側翻飛，白色T恤被風吹起，露出了腰部，從肋骨開始收窄的腰線在髂骨上方變得纖細，然後又順著骨骼向外擴展。

儘管陽光刺眼，戴著角框眼鏡的男學生還是目不轉睛地盯著那纖細的腰線，低聲說道：「如果那位學長是同性戀的話……也難怪會被欺負。」

儘管聲音不大，但大家口中的「那位學長」耳朵很靈。

當學長從滑梯下來，突然轉身看向他們，竊竊私語的男學生們頓時心虛，急忙靠攏聚在一起。

「怎、怎麼回事？他怎麼走過來了？」

宋理獻突然朝男學生們跑去，跳上了環繞充氣城堡邊緣的彈跳床，男學生們仰頭看著他輕盈的身體騰空而起，陽光太過刺眼，他們不得不用手遮擋。

第二次踩上彈跳床，宋理獻跳得更高了，不過這次他的著陸點是圍繞彈跳床的安全護欄，他抓住覆有網子的安全圍欄的框架，將身體拋向圍欄外，柔軟的身體懂得如何彎曲，蜷縮腰部以減少衝擊。

宋理獻單膝著地，穩穩地落在操場上，他拍掉手掌上的沙子，安全人員吹著哨子跟了過來。

「那位同學！不要做危險的動作，小心會扭斷脖子！」

宋理獻無視安全人員的警告，再次跑了起來，和柔軟的充氣城堡不同，堅硬的運動場讓他跑得更快。

戴著角框眼鏡的男學生被突然衝到面前的宋理獻嚇到，大喊大叫：「你，為什麼這樣！」

宋理獻笑著一把抓住戴角框眼鏡男學生的水球籃子，他那惡魔般的笑容嚇壞了男學生。

男學生為了不讓籃子被搶走，拚命地堅持著，結果失去了重心，「啊……啊！」

宋理獻用腳勾住要跌倒的角框眼鏡男學生，控制他跌倒的方向，戴圓框眼鏡的男學生鬆開了水球籃子，去扶住戴角框眼鏡的男學生，他們看似勉強撐住了，但是……

啪！宋理獻俐落地拍了一下戴角框眼鏡同學的後腦杓，他便一頭栽倒在圓框眼鏡同學的身上。

掉落的水球爆裂，積成一灘水，兩個男學生疊在一起摔進了水坑裡，他們倒下的角度正如宋理巘所預期的，嘴唇貼在了一起。

看到兩個男學生的嘴唇緊密相貼時，宋理巘嘲諷地說道：「同性戀嗎？」

「下次輕鬆點，直接打招呼，我對這種事沒有偏見，懂了嗎？」

金妍智氣喘吁吁地從充氣城堡下來，尋找翻過安全護欄走掉的朋友，她左手拎著有著大品牌標誌的運動鞋，四處張望，尋找宋理巘的去向。

她遠遠看見宋理巘只穿著襪子走過來，便高高揮舞著手臂，「喂！宋理巘！把你的鞋子拿走！」

宋理巘對於只有自己沒穿鞋子這點似乎不覺得尷尬，他悠哉地在帳篷攤位下閒逛，看見金妍智後便跑過去找她，他忽然跳過安全護欄，嚇了大家一跳，不知道他剛才幹了什麼，襪子都濕透了。

「謝謝。」

「你為什麼突然跳去那裡？」

「因為聽到有人在講我的壞話。」

聽完後金妍智立刻緊閉嘴巴。

宋理巘脫掉襪子，穿上為了玩充氣滑梯而脫下的鞋子，他尋找可以丟掉濕襪子的地方，發現了一個垃圾袋準備要丟時，卻在一頂社團帳篷的柱上看到掛著的鏡子，他嚇了一跳，摸了摸自己的頭頂說：「嚇我一跳。」

他摘下貓耳髮箍，連同襪子揉成一團扔掉，然後擦掉臉上畫的鬍鬚。

金妍智在後面探出頭，看見宋理獻扔掉頭上的裝飾時露出惋惜的表情，「幹麼丟掉？挺適合你的呀！繼續戴著吧。」

「別開玩笑了。妳有衛生紙嗎？」

「不是玩笑，我說的是真的。」金妍智一邊嘟囔著，一邊從側背包裡掏出濕紙巾遞給他，宋理獻粗暴地擦拭皮膚，擦掉了貓鼻子和鬍鬚後，他們外帶了烘焙社攤位賣的甜米釀，逛起了各個社團為校慶準備的園遊會攤位。

對高中生主辦的慶典活動本來沒抱太大期望，但沒想到現在高中生水準很高，連附近的居民也來了，因為連外來人也擠進來，宋理獻只能摟著一直落後的金妍智的肩走著，坐在長椅上才得以喘口氣，喝起了甜米釀。

金妍智輕輕拍了拍宋理獻的腿，問起今天被他選為搭檔的理由：「你為什麼跟世暻吵架？」

「我們沒吵架，妳以為我每天都在跟世暻吵架嗎？」

金妍智用吸管攪動杯底的米粒，一語道破真相：「你只有在跟世暻吵時才會來找我，因為沒人陪你玩。」

宋理獻抿起嘴唇，指向遠處飄浮的充氣獨角獸頭像說：「……要不要再去玩一次那個獨角獸？」

「不要，你只會丟下我自己玩。」金妍智白了宋理獻一眼，心想我要跌倒時他應該扶我一把才是，但宋理獻一進到充氣城堡就興奮地自己爬了上去。

「不過，我們真的沒有吵架。」

——我們的問題不在吵架，而是關係變得特別了。

宋理獻咬著吸管，偷偷看了金妍智一眼，思考了一會兒才說道：「現在的孩子們都是怎麼談戀愛的？」

宋理獻的問題含蓄，且隱含了很多前提，金妍智察覺到問題的不尋常，立刻豎起了耳朵。宋理獻絲毫沒注意到這個對戀愛充滿好奇的高中女生已經開啟了她那還不成熟的戀愛雷達，自顧自地回憶起昨晚籃球場的事。

宋理獻希望在崔世暻的心中變得特別，崔世暻對他來說也變得珍貴，他不想讓崔世暻的告白顯得可悲，他想對那個說「你不喜歡我」的傢伙強烈地否認不是那樣的，雖然他不確定自己想和崔世暻做什麼，但他很清楚自己昨晚沒能推開崔世暻。

「接吻，不對，親一下就算是在交往了嗎？」宋理獻一邊說一邊緊抓著校服褲子，怎麼想都覺得這不算是在交往。

他不能就這樣吃掉那個年輕稚嫩的孩子，光是想像就讓宋理獻覺得自己像個齷齪的老頭在玩弄天真的孩子，這讓他頭昏腦脹。

「親了嗎？」然而不清楚宋理獻情況的金妍智卻很直白，她那雙在數學課時總是半夢半醒的眼睛此刻如晨星般閃爍。

「……」

「親了，真的親了？誰呀？我們班的嗎？」從沉默中讀出肯定的金妍智像機關槍一樣連珠炮似地問了起來。

宋理巘像喉嚨著了火似的，一口氣喝光了甜米釀，這個反應讓金妍智的猜測變成了確信。

「是我們班的啊！對吧？」

「喂，妳小聲點，大家都在看了。」

其實周圍的人都忙著享受校慶活動，但昨天接吻後心跳加速的宋理巘，擔心被人聽到而要金妍智小聲一點。

「而且我不會再見他了，只是偶然間發生了嘴唇相碰的事，我只是好奇他是怎麼想的。」

「為什麼不交往？」

這次宋理巘也只是吸著吸管，但吸管的末端被飯粒堵住，連空氣都吸不到，心裡的鬱悶更是堵得他喘不過氣來，金妍智卻不肯放過他，在她嚴謹的推理邏輯之下，沒有不可能的戀愛。

「因為學測嗎？那就叫她等到考試結束，反正只剩兩個月了。你不是說是我們班的嗎？那她不就也要考學測？就等考試結束再交往。」

「幹麼老是要我交往啊！」

「那你是不打算交往嗎？你不愛她嗎？」

「愛、愛什麼愛……太肉麻了吧！」一聽到「愛」這個字，宋理巘就像觸電般抖

了一下。

宋理巘寧願被斬首也不願和小孩戀愛，本來是這種心情，但當「愛」直接被提及時，他真的覺得自己會被拖出去斬首。

金妍智對戀愛很感興趣，但卻缺乏經驗，她以斯巴達式的方法逼問：「你不是說接吻了！如果你不打算交往，就去告訴她那只是個失誤！」

「你瘋了嗎！那不是失誤！」

「那答案很明顯了，去跟她表白吧，你要是提出交往，她一定會說好的！快告訴我是誰，我來幫你，因為喜歡才會接吻的，不是嗎？如果不願意的話，至少會躲開吧？你又不是那種會被欺負的人。」

「……」

只從網路學習戀愛的金妍智，不懂只有親身體驗才能領會的戀愛中的複雜微妙變化，她覺得已經發生了接吻這麼重大的事，其他小事應該會自然解決，不懂宋理巘為什麼猶豫不決，讓她感到焦急，於是她直白地催促他。

如果商談戀愛煩惱的人是女生的話，金妍智可能會認真思考並謹慎對待，但面對魯莽衝動的宋理巘，她的建議也變得激進起來。

「就是互相喜歡才會接吻，所以你就大膽地告白說我愛你！像個男人！這樣聖誕節前就能成為情侶了！」金妍智將手掌攤開，每講一句就用手刃劈在另一隻手上，發出嗒！嗒！嗒！嗒！的聲音，藉此幫他加油打氣。

班上有幾個喜歡宋理巘的女生，為了幫助可能是和宋理巘接吻對象的其中一位，金妍智鼓勵他去告白。

「妳、妳別再說了……」只是聽了這些話，宋理獻便用虛弱的聲音制止了金妍智，因為他從未將這視為愛情，所以毫無免疫力。

金妍智對於接吻是不是那麼大的事感到困惑，一個念頭閃過她的腦海，不自覺地變得嚴肅，沒人要求她就自己摀住嘴巴小聲說話。

「不會是……睡了吧？」

宋理獻真想立刻昏迷，他不知道前世做了什麼孽，竟然被孩子問這種問題，他感覺自己快要昏倒了，雙手交疊掩住嘴巴，大口喘氣。

看到他的反應，金妍智也覺得自己好像問了同班男生太私密的問題，便假裝喝甜米釀，嘟起了嘴唇，她也反省自己是不是太逼人了，在她吐出吸管時，宋理獻平靜了一些，於是她輕戳了他一下。

「理獻啊，你看看你的校服褲腳。」

宋理獻把一邊的腳踝擱在另一邊的膝蓋上，校服是下學期新買的，褲子內側的縫線收得很好，外面看不出來。

「你新買的嗎？如果褲子變短了，你可以去洗衣店請他們把褲腳放長。」

「大腿塞不進去。」宋理獻仍然摀著嘴巴說話。

宋理獻原本的身體非常瘦弱，幾乎沒有肌肉，雖然不是容易長肌肉的體質，但大腿稍微結實了一點，上學期買的校服褲子就穿不下了。

金妍智不得不正面伸直自己的腿，在腳踝處被剪短的校服褲管隨著動作擺動，

「你看這個。」

這是金妍智高中入學時買的校服褲子，褲管因為長高而放長的痕跡，就像樹木的年輪一樣留了下來。

「和上學期比，我高了兩公分。」

「妳長高了不少呢。」

「是吧？雖然現在還是很矮，但確實有長高。」

學期第一天，兩人坐在前排成為同桌，是因為他們在班上個子最矮。

「你也長高了很多啊！要說的話，你長高得最多，變化也最大，有時看你，感覺你就像是要去遠方的人，有種疏離感……但還是要告白，被你這樣的人告白，對方一定會很開心的。就算以後去外地念大學，兩人不再有機會見面，可是曾經喜歡過的這份感情也不會沒有價值的啊。」

孩子們在成長，改變了的宋理巚也在成長，就像樹木的年輪逐漸增加一樣。

因大學學測而忙得不可開交的高三教務處也無法避開校慶的影響，班導們忙著確認各大學的入學考試資訊，但座位空著的老師們則都跑去操場逛園遊會了。

由於運動會需要包車前往外部綜合運動場舉行，所以這次校慶是三年級學生和老師們在大學學測前，能夠享受的最後一次活動。教務處像缺了牙一樣空蕩蕩的，來接受升學諮詢的學生進進出出，使得氣氛更加混亂。

鄭恩彩最後檢查了崔世暻寫的自我介紹，並將其上傳至大學申請網站，她輕鬆地拍了拍手，準備讓被叫來而沒能去逛校慶園遊會的崔世暻回去。

「好，世暻的事也完成了。你現在可以走了，去盡情享受校慶吧。」

然而，坐在凳子上的崔世暻並沒有起身。

「老師。」

「嗯？怎麼了？有什麼想問的嗎？」

面對態度和藹的鄭恩彩，崔世暻用更加溫柔的語氣詢問：「請問宋理獻申請了哪些學校？」

暑假快結束時，崔世暻又開始在自修室讀書，可以說除了睡覺時間之外，他一直都和宋理獻形影不離，他們很自然地分享了彼此所有的消息，但是宋理獻只說寫好了大學申請書，卻不告訴崔世暻申請了哪些大學和科系。

雖然跟其他人打聽宋理獻的消息讓人不爽，但沒有別的辦法，只好放下自尊心，等待鄭恩彩透露，但宋理獻已經先採取行動了。

「看來你們倆感情不錯呢，理獻再三叮囑我，絕對不能告訴世暻。」鄭恩彩那狡黠的笑容雖然看似俏皮，卻讓崔世暻感到不舒服。

這意味著鄭恩彩無法透露宋理獻申請了哪些學校，崔世暻原本一直維持的端莊微笑變得越發甜美，那甜美得彷彿要腐爛的笑容十分迷人，讓她差點就說漏嘴了，最後勉強以笑聲搪塞過去。

走出教務處的崔世暻看向窗外，與一隻擁有紫色鬃毛的獨角獸對視，那是放置在操場角落的一個充氣城堡，他皺著眉頭看著那令人不快地笑著的獨角獸好一會兒，隨後低頭俯視窗外。

雖然崔世暻很厭惡校慶那喧鬧到連樓上都能聽見的音樂，但為了找宋理獻，他只能忍耐了。

原以為在擁擠的人群中難以找到宋理獻，但很快就發現了那顯眼的淺色短髮，彷彿特地在那兒等待他一樣，立即吸引了崔世暻的目光。

宋理獻和金妍智坐在長椅上，不知怎麼回事，金妍智一直戳著宋理獻，動作顯得很親暱。

崔世暻從未對同齡女孩有過特別的感情，但他沒想到自己會先感受到的是嫉妒而非愛戀，他知道金妍智和宋理獻是好朋友，然而問題是，除了屈指可數的親吻次數外，崔世暻和宋理獻也是好朋友。

崔世暻沒想到嫉妒是如此狹隘的紅色，他揉著還殘留著昨晚感覺的嘴唇，壓抑著內心的扭曲。

他用中指按壓著嘴唇，沒有任何傷痕，每次和宋理獻接吻後，不是被拳頭揍就是被牙齒咬，總是見血，但這次因為打賭籃球的關係，竟然毫髮無傷。崔世暻認為宋理獻是因為需要「不管什麼都要聽的五分鐘」才會乖乖不動的。

每次回想起宋理獻那非自願的吻，崔世暻雖然覺得悲慘，但卻無法停止，因為比較喜歡而必須糾纏的崔世暻是弱者。

當崔世暻努力地壓抑著希望宋理巘不要和金姸智親近的幼稚念頭時，背後有人叫住了他。

「世暻啊。」

開口說話的人是一位擁有黑色直髮和清秀白皙臉蛋的女學生，如果以純情漫畫來比喻，她的畫風和崔世暻相似，本應擔任女主角的她，卻因為崔世暻，只能當萬年全校第二的朴允熙。

她剛從教務處走出來，立刻向崔世暻道謝：「謝謝。」

崔世暻的記憶中完全沒有什麼值得被感謝的事，他露出不解的笑容。朴允熙補充說道：「我說的是那個韓國大學校長推薦入學甄選管道。」

韓國大學是任何媒體調查國內大學排名時都會奪得第一的大學，也是在韓國接受正規教育的學生夢想中的學校，小學低年級時，因為不懂現實而大言不慚地說要考上韓國大學的人，長大後才明白那是以自己的智力絕對無法進入的大學。

「聽班導說，是你把機會讓給我的。」

最先收到韓國大學校長推薦入學提議的是崔世暻，因為他一直是全校第一，學生紀錄簿也非常優秀，錄取的可能性最大，但崔世暻拒絕了校長推薦。不過，這並不代表他想讓給朴允熙，只是繼崔世暻之後成績和學生紀錄簿最優秀的學生剛好是她，但話被誤傳了。

「這都是妳努力的成果。」

「可是……你也很努力了啊。」

三年來一直被崔世暻壓制只能屈居全校第二，照理說應該會心生怨恨，但在朴允熙身上卻找不到憤怒或敵意的痕跡，要說是良性競爭對手，她那紅潤的臉頰和溫和的笑容卻又顯得太過友善。

明明是她自己努力才得到的機會，朴允熙卻更看重崔世暻的讓步，而崔世暻也知道她為什麼這麼想。

崔世暻以微笑回應，朴允熙臉頰變得更紅，慌慌張張地問道：「你不打算申請韓國大學嗎？」

「因為我的模擬考分數在穩定區間，所以我打算去考學測。」

參加學測考試入學就很足夠了，所以崔世暻沒有申請校長推薦入學，這一方面是受到崔明賢「不要貪心」的洗腦影響，另一方面他想看看宋理巚得知他讓出校長推薦名額的反應。

崔世暻猜測，宋理巚的反應可能會和上學期初在晚自習時，想利用他來組學習小組的男生反應類似，想到這裡，他用手輕撫了那不自覺放鬆的嘴角。

他需要宋理巚，不是原來的宋理巚，而是不知何時會消失的宋理巚的回憶。這樣，即使宋理巚某天突然消失，他也能依靠那些留下的回憶。

「啊，對啊，你模擬考的分數也考得很好！太好了，我們能上同一所大學。」

崔世暻什麼也沒說，但朴允熙為了掩飾不經意間流露的真心而辯解：「我是說，你也能上韓國大學真是太好了，你之前說想唸經營學系對吧？」

朴允熙雖然沒有跟崔世暻告白，但崔世暻知道這個女學生喜歡自己，因為她每次見到崔世暻，都會整理衣著和撫摸頭髮，聲音變得高昂，臉頰泛紅，動作變得特別忙亂，眼神也變得格外明亮，而這些生理變化都指向同一個方向。

崔世暻長相俊美、體格好又親切，在學校裡遇過很多像朴允熙那樣對他發送信號的學生，他憑藉與生俱來的敏銳，能很快就捕捉到這些信號。

他之所以能察覺到宋理巘體內的他人靈魂，也是因為這種敏銳。

在一個季節內轉變的性格和習慣，消失的創傷，以及熟練的打鬥技巧。

別人可能會忽視的細微變化，崔世暻卻認定是完全不同的人，結果證明他的敏銳判斷是對的。

雖然揭露變化後的宋理巘真實身分的過程有些艱辛，但崔世暻撐過來了。

崔世暻性情粗暴，情緒波動小，缺乏共情能力，無所畏懼，雖然在崔明賢的壓制下成長，這種性格從未表現出來，但只是被壓抑，並未消失。

比如說，崔世暻在夏天晚上追著宋理巘跑，面對凶狠的黑幫分子時毫不恐懼；學測考得好，因為他不會緊張，就像平時考模擬考那樣從容應對。

因為在崔明賢的監視下度過了自我形成的時期，所以崔世暻不會表現出暴戾和扭曲的性格。

如果和朴允熙交往，崔世暻會對她很好，他會安排完美的約會行程，記得慶祝紀念日，成年後會有適當的肉體關係，維持一段堪稱戀愛典範的關係。

然而，隨著時間流逝，朴允熙會越來越不安，她無法向朋友傾訴，因為她無法具體說明這種不安的來源。完美男友連刻在骨子裡的親切也是完美的，她無法察覺崔世

暻的親切只是表面的，偶爾說的「我愛妳」也只是形式而已。

朴允熙也非常聰明，即使察覺到崔世暻的親切只是表面工夫，也無法挖掘出隱藏在其中的扭曲性情，終究無法準確了解那種不安的本質是什麼。

即使偶然知道了，朴允熙也無能為力。

這個女孩承受不起崔世暻。

此刻，朴允熙羞澀地微笑，因崔世暻體貼地配合她的步伐而心跳加速，但是她沒有能力控制崔世暻扭曲的內心，這並不是因為她是朴允熙的緣故，在同齡人中，只有宋理巘看穿了崔世暻的本性。

改變後的宋理巘否定了壓迫崔世暻的桎梏，認同了他那扭曲的內心，在宋理巘面前，崔世暻變成了平凡的高中生。

這就是崔世暻在宋理巘面前成為弱者的原因。

「你不去逛校慶園遊會的攤位嗎？」

「我現在正要過去。」崔世暻微笑著回答。

討厭喧鬧的崔世暻原本想回家，但宋理巘肯定會在校慶園遊會現場到處閒逛，單憑這點，就足以成為他前往園遊會的理由。

「我們一起下樓吧。我也約好要和朋友們見面。」

還沒走出大樓，中央大堂就已經很熱鬧，認識許多人的崔世暻在四處接受招呼的同時，用眼睛找到了宋理巘坐過的長椅，然而宋理巘和金妍智已經離開了，長椅空無一人。

他不得不和朴允熙一起擠進入群，一進入人群裡，操場上飄散的刺鼻塵土就讓舌頭變得乾澀，呼吸也變得混濁。

操場上，各社團在藍色帳篷下擺放長桌，展示準備好的作品，或到處進行社團宣傳吸引客人。

在這樣的環境下，不可避免地會與人群碰撞，要是能被人潮阻隔而與朴允熙分開就好了，但崔世暻出於本能的體貼讓他攬住朴允熙的肩膀，避免她與他人碰撞。

操場上學生和校外人士分布平均，但有一個地方特別熱鬧。

「世暻啊，那裡好像有什麼好玩的東西，要去看看嗎？」

被朴允熙拉去的地方是幾個社團聯合舉辦的大型互動活動，身材高大的崔世暻毫不費力地看到了活動的中心，參與者似乎都是男女配對的兩人一組形式。

「那是什麼來著？就是那個，耳塞。」

「我都說了幾遍了！那是藍牙耳機！」

果然第一名的獎品是藍牙耳機，第二名、第三名的獎品對高中生來說也算是價格不菲，因此遊戲有點激烈，參加費也不便宜。或許正因如此，參加者們都熱情高漲，而說到熱情就少不了宋理獻，他正揹著金妍智占據了一個位置。

「說好了，猜拳贏的人可以拿走。」

「妳別想反悔，抓緊點。」

金妍智按照宋理獻的囑咐，抓住他的肩膀，用力緊握著長竿，她盯著要擊破的葫蘆瓢，眼神格外嚴肅，而揹著金妍智的宋理獻更無需多言，單論鬥志，他們已經是第一名。

「喔？」然而，看到宋理獻的崔世暻氣到頭都歪了。

昨晚才和自己接吻的宋理獻，如今卻揹著金妍智，還主動托著她的大腿，明明之前他才對自己說不可以這樣。

雖然只是遊戲，因為拿第一名的欲望太強才會如此，但崔世暻並不想顧及這些細節，盲目的愛使人變得狹隘，嫉妒的海洋無邊無際，本性粗暴且扭曲的崔世暻，才不會可憐兮兮地落淚。

「允熙啊。」

聽到崔世暻那如蜜糖滴落般的呼喚，朴允熙欣喜若狂，但當視線轉向身旁的人後她眨了眨眼，懷疑自己是否看錯了，「嗯？」

原以為崔世暻的表情會如聲音那樣甜美，但只見他臉上毫無笑意地問道：「我們要不要也參加看看？」

崔世暻將領帶摺進胸前口袋，見朴允熙走過來，便背對她跪了下來。

穿著備用運動褲的朴允熙遲疑了一下問道：「不會不舒服嗎？」

「不會。」

被揹起的朴允熙因接觸而感到尷尬，試圖將接觸面積減到最小，但崔世暻卻把她拉近，揹著她站了起來。

宋理獻站在最前面的起跑線，崔世暻為了站在他的旁邊，刻意擠進狹窄的空隙，沿路每一處都惹來不滿。

「啊，誰啊，真是的。」

在意獎品的學生們不願讓晚來卻想占好位置的競爭者插隊，讓那些擋路的男學生們態度軟化的，是崔世暻那與烈日不相稱的善良微笑。

「對不起。」

「啊，沒關係！您站這裡吧。」

應該是校內風雲人物，口碑極佳且被視為偶像，但又有些難以接近的學長想要插隊時，男同學們自動讓出了一條路。崔世暻最後一個參加卻輕鬆地站在最前面，當他踏上起跑線時，早早到場並充滿鬥志的金妍智看見了他們。

「喔，允熙啊，妳也來玩這個嗎？哎呀，是世暻啊？」金妍智認出了同年級的朴允熙，也看到了揹著朴允熙的男學生。

崔世暻離開教室才沒幾個小時，卻特別親切地打招呼：「嗨，理獻。」

「你在幹麼？」宋理獻一副「這傢伙怎麼在這裡」的表情上下打量了崔世暻。

「你不是最討厭參加這種活動。」

「就是啊，我也以為我討厭。」

人多的地方，與他人接觸，對崔世暻來說不只是討厭，甚至到了厭惡的程度，不過當嫉妒這片大海在巨大自然災害面前時，個人的喜惡已不值一提，更糟糕的是，在這片無邊無際的嫉妒之海中，崔世暻沒有救生衣。

嫉妒也是需要經驗的，崔明賢的壓迫讓崔世暻從未感受過嫉妒，更準確地說，因為崔明賢讓他先放棄慾望，所以沒有嫉妒的對象。崔世暻沒有機會準備應對策略或指南，在赤裸裸的嫉妒面前只能任由本能擺布。

「試了之後覺得還挺有趣的。」

揹著一個自己不感興趣的女生，參加幼稚的比賽，和一群滿身汗臭的男生們纏鬥，崔世暻雖然不明白自己為何要自願做這種事，但他還是沒有退出，因為那種奇妙的興奮感確實有趣。

從崔明賢開始監視以來，這幾乎是他第一次如此赤裸地顯露出敏感的情緒。

「呀，你……」

宋理巘感覺到崔世暻的笑容和平時不同，正要開口問他哪裡不舒服時，主辦活動的社團學生嘴裡咬著哨子出現了。

當聽到比賽即將開始的信號，學生們各自做好了準備動作。

崔世暻邁出的步伐也充滿力量，和他的俊俏臉龐不相稱的粗壯大腿，因校服褲子過於緊繃，肌肉的線條一覽無遺。

在前面地上畫的白線外，豎著幾根懸掛葫蘆瓢的長竿，只要打破那些瓢就行了，但瓢的數量不多，被擠到後面無法揮動長竿打瓢的隊伍就會被淘汰。

在起跑線和長竿之間的空地上，塵土如同無政府狀態般盤旋成圓形的旋風。

在肅殺的氣氛中，學生們互相牽制，哨聲劃破了空氣，揚起塵土的學生們同時衝了出去。

宋理巘揹著金妍智奔跑時，心想獎品以後花錢買就行了，參加完這場比賽後就帶崔世暻離開校慶園遊會，在宋理巘眼裡，崔世暻看似健壯但其實很敏感，有時就像生病的雞一樣瘦弱，這讓他很擔心。

但是，因為崔世暻以身體用力推了他一下，這擔憂瞬間煙消雲散。

「呃！」

「那個傢伙！」

金姸智怕掉下來，緊緊摟住宋理巘的脖子大聲尖叫，猝不及防的宋理巘勉強穩住了身體。領先的崔世暻占據了靠近瓜的黃金位置，周圍的學生像一群野狗般湧了上來，擋住了崔世暻。

被崔世暻推開的宋理巘淪為了落後的一群，但他眼中卻迸發出怒火，因為推開他的崔世暻很明顯在嘲笑著，宋理巘不甘示弱，也衝進了人群。

他強行擠進不讓路的學生群中，好不容易搶到崔世暻旁邊的位置時，全身已被汗水浸透。

學生們瘋狂推擠，宋理巘咬緊牙關站穩腳跟，發出低沉的怒吼：「喂，妳……不認真點嗎？」

「我很認真啊？」

背上的女學生們對準葫蘆瓢揮動長竿，當她們的影子落在下巴時，宋理巘犀利的眼神變得更加深沉。

「囂張。」

「小屁孩就是囂張，不是嗎？」

宋理巘被人群推擠得搖搖晃晃，以為崔世暻會用肩膀撐他一把，結果……

「對不起，我太不懂事了。」崔世暻用肩膀推開了宋理獻。

差點摔下去的金姸智嚇得抱住了宋理獻的頭說：「宋理獻！撐住啊！」

崔世暻充耳不聞金姸智的責罵，他只看到金姸智的胸口緊貼著宋理獻的後腦杓，他用微笑掩飾內心的憤怒，眼中卻閃爍著瘋狂的光芒，然後他悄悄地伸出了腳。

所有人都忙著揮舞長竿打瓢時，沒有人注意腳下，宋理獻亦然，只希望金姸智能盡快打破葫蘆瓢，目光緊盯上方尋找最佳位置。

宋理獻在原地來回移動時，被崔世暻的腳給絆倒，失去了平衡，他試圖穩住身體，但已經失去重心，身體不由自主地向前傾倒。金姸智也因為傾斜的角度而緊抓宋理獻的頭髮。

「哦……哦！」

然後，揹著朴允熙的崔世暻用單手托著她，空出另一隻手擋在宋理獻的胸前，剛才讓宋理獻失去平衡的腿，不知不覺間變成了支撐他的力量。

這算是賞你一巴掌，再給你一顆糖嗎？崔世暻先是伸腳絆倒了宋理獻，又真摯地表達了擔憂：「理獻啊，小心點，姸智會受傷的。」

當然，這並非出於真心。

崔世暻一副幸災樂禍的樣子，他背後的陽光宛如勝利的光環般閃耀。

下一回合是二人三腳，比賽要求兩人一組，腳踝綁在一起，然後穿越障礙物。崔世暻將朴允熙的腳踝與自己的腳踝綁在一起，朴允熙的頭腦直到這時還是昏昏沉沉無法集中精神，平常不怎麼運動的她，在崔世暻背上揮動長竿已經很累了，加上崔世暻不停地移動腳步，更讓她感到頭暈目眩。

朴允熙雖然在崔世暻的攙扶下站到了起跑線上，但精神恍惚的她聽不懂崔世暻在說什麼。

「靠在我身上。」

「呃？」朴允熙還來不及回答，哨聲一響，崔世暻就像子彈一樣衝了出去。

這次朴允熙又像紙片人一樣晃來晃去，被崔世暻環在腰間的手臂拖著跑。對其他學生，崔世暻都會讓路讓他們超車，但一看到宋理獻過來，像等待很久般地故意擋在他的面前。這場比賽需要通過障礙物，沒有人會守著白線劃出的跑道，但也沒有人會如此明目張膽地阻擋競爭對手。

宋理獻對擋在自己面前的崔世暻咬牙切齒地說：「你死定了，真的。」

「幹麼這麼嚇人啊。」

崔世暻那完全不怕的語氣，連朴允熙聽了都氣得想賞他一巴掌，此刻，她也站在握緊拳頭發抖的宋理獻這邊。

「你這是想打架嗎？」

「我嗎？怎麼會。」

宋理獻用未受制的腿踢向崔世暻的脛骨，崔世暻護著朴允熙躲開了踢擊，同時還有餘裕反擊。金姸智察覺到崔世暻和宋理獻在打架，避開了崔世暻的踢擊，和宋理獻默契十足地跳了起來。

他們互相踢來踢去，名次自然墊底。

金妍智拉著宋理獻催促他快點走，但他們只顧著較勁，誰也不肯退讓。

到了第一道障礙物「踩爆氣球」的關卡，他們還在互踢，氣球被忽略了，因踢擊帶起的風吹得彩色氣球在操場上滾來滾去，如尖刀般的踢擊靈巧地閃過氣球，正中對方的腳。

腳被綁在一起不得不一起踩踏的金妍智面露苦色。

「你們能不能別把我牽連進去，自己打架就好嗎……」

第三章

你明明喜歡我

嗶——

短暫休息的哨聲響起，參加者們紛紛癱倒在操場上，崔世暻也甩了甩濕透的頭髮，總是塞在校服褲子裡的襯衫此刻已皺巴巴地露了出來，因為在操場上活動，褲子也沾滿了灰塵。

「崔世暻，喝水！」全程觀看比賽的一名男學生搖晃著礦泉水瓶走了過來。

「瘋子，你幹麼這樣對宋理獻？」男學生雖然嘴上這麼說，但看到宋理獻被崔世暻狠狠教訓的樣子似乎讓他很痛快，忍不住咯咯笑了起來。

崔世暻一把奪過礦泉水，轉身打開瓶蓋，遞給癱坐在操場泥地上的朴允熙。

儘管只是被體力好的崔世暻拖著跑，她卻臉頰通紅，幾乎要喘不過氣來，隨意綁成一束的頭髮亂得像剛打過架，她雙手緊握著礦泉水，像喝甘露般大口吞嚥。

「對不起，很累吧。」

喝完水潤了喉後感覺好多了，但朴允熙實在是無法勉強說自己沒事，本以為和崔世暻一起參加會成為高中生活裡一段特別的回憶，沒想到會變得如此特別，成了畢生難忘的慘痛經歷。

「世暻啊，你該不會是……」含糊的話尾伴隨著憂鬱的眼神。

朴允熙在不遠的地方看到正在喝水的宋理獻和金妍智，氣急敗壞的宋理獻仰頭大口喝著礦泉水，這邊還好有崔世暻撐著，只在操場上摔了一次，但宋理獻那邊卻摔了好幾次，校服襯衫都變成灰色，衣服裡面恐怕也全是沙粒。

吃了更多虧的宋理獻憤憤不平，把喝了一半多的礦泉水瓶捏扁，還是怒氣未消，仰著頭胸膛劇烈起伏。誇張一點說，嘴裡彷彿要噴出烈焰，朴允熙完全能理解宋理獻的心情。

朴允熙今天第一次見到宋理獻。

雖然去年聽朋友們提起過這個人，但她當時只是覺得「原來有這樣的人啊」就沒再多想，唯一讓她注意的是，宋理獻總跟自己暗戀的崔世暻形影不離。

就連不大認識宋理獻的朴允熙也只能用好欺負來形容，她沒想到崔世暻會如此卑鄙幼稚，這麼熱衷於欺負別人，這讓她感到困惑，這真的是自高中入學以來她一直看到的那個成熟的崔世暻嗎？

朴允熙叫了崔世暻後卻只看著宋理獻，崔世暻開口問她：「怎麼了？」

朴允熙在短時間內判斷這不是她該介入的事，於是改口道：「沒事，世暻啊，喝點水吧。」

她把沒有碰到嘴的礦泉水瓶遞過去，但崔世暻拒絕了，他的嘴唇白得發乾，就算舌頭舔過也顯得乾燥，想必口中也相當乾燥，可崔世暻並不理會身邊的朴允熙，反而等著從遠處大步走過來的宋理獻。

崔世暻伸手想拿那個被捏扁的礦泉水瓶，宋理獻卻粗魯地把它丟向他的胸膛，崔世暻在水瓶落地之前接住，隨即將瓶口湊到唇邊，仰頭喝了起來。

「你到底想幹麼？為什麼找碴？」

「這能算找碴嗎？」崔世暻喝光了最後一滴水，擦了擦濕潤的嘴角，「這對你有一丁點的影響嗎？」

「那你覺得沒影響嗎？」

宋理巘張開雙臂，展示他在操場上來回翻滾的狼狽模樣，要真是訓練營，還能有心理準備，但這次只是想玩玩遊戲拿獎品，結果卻遭了殃，不僅沒拿到獎品，還在烈日下滾來滾去，原本打算送給崔世暻的藍牙耳機也沒了。

金妍智解釋藍牙耳機內建的降噪功能時，宋理巘想起了崔世暻，那個對聲音敏感的傢伙，如果送給他，應該會驚訝地露出靦腆的笑容吧，結果崔世暻卻毀了他為此不惜和金妍智玩猜拳這種丟臉事的期待。

然而，崔世暻連第一名獎品是什麼都不記得，他的腦海裡只浮現宋理巘碰觸金妍智大腿的畫面，雖然他們還未成年，但已發育成熟的身體更接近成年男性而非少年，對身體的接觸格外敏感。

「如果我真的想刺激你，就會這樣做。」

再次被嫉妒支配的嘴唇自顧自地動了起來，從未在崔明賢的控制下出現過的嘲諷，如鮮紅的指甲般鋒芒畢露。

「你這樣也配叫男人，竟然這麼好色。」

周圍傳來此起彼伏的倒抽氣聲，以為要打架而悄悄聚集想看熱鬧的圍觀者們同時發出驚訝聲，而說這句話的人是崔世暻這一點更讓大家大為震驚。

宋理巘眼角微微抽動，發出警告：「你講話小心一點。」

「理巘啊，跟別的女生打情罵俏很開心嗎？」

崔世暻臉上帶著露骨的嘲笑，瞇著眼睛打量著金妍智，像在鑑定什麼，而金妍智正握住朴允熙的手，幫助她站起來。

「你的眼光真的是……」

金姸智的外貌和性格都沒有什麼突出之處，非常平凡，如果她有無可替代的魅力，或許更容易讓人死心。然而，從平凡中感受到的自卑，讓崔世暻覺得自己毫無價值。僅僅因為被宋理獻揹著，他出色的外貌、聰明的頭腦、勻稱的體格，反而不如金姸智的平凡。

崔世暻生平首次遭受自卑感的折磨，為了不讓自己顯得卑微，他用如玫瑰般的刺武裝自己。

「挺可愛的。」崔世暻他那紅潤的嘴唇因嘲諷而扭曲。

他說這話並非因為真的覺得可愛才說的，而是因為找不到可讚美之處，不好意思說實話，只好隨便選了一個最常見、最沒特色的詞來應付，帶著嘲諷的語氣也明確地表現出想貶低金姸智的意圖。

宋理獻和學生們朝夕相處，也漸漸能聽懂這程度的弦外之音了。

「崔世暻。」宋理獻將不自覺使勁的手指僵硬地伸直，不讓自己握成拳頭。

宋理獻即使被崔世暻用身體推倒在操場上滾了一圈，也都忍住了，但重情重義的他，要假裝沒聽見有人說朋友的壞話，實在是太難了。

「……」

崔世暻咬著下唇，彷彿自己受了傷一樣，儘管侮辱的話是他說的，做盡壞事的崔世暻，當宋理獻站在金姸智那邊時，他就像世界崩塌了一樣感到挫敗，低垂的眼睛，長長的睫毛之間流露出如戰敗士兵般的沮喪。

然而，他不能就這樣認輸。

「……你要是有稍微顧慮我的感受，就不會這麼做了。」

「說清楚點。」

——這樣鬧彆扭到底是不滿什麼？

宋理巘走近了一步，靠近他的胸膛，「我會聽，說清楚點。」

一直默默低頭凝視的崔世暻彎下了腰，柔軟的耳垂、汗毛，還在散發熱氣的皮膚和乾燥的沙子味道。刻意和宋理巘保持距離，不讓自己的肌膚接觸到對方的崔世暻，頓時變得非常悲慘。

「就算你再怎麼不喜歡我好了，也不該在和我接吻的隔天，就揹著別的女生到處跑吧……」

「她是女生嗎？」宋理巘反問，語氣中帶著驚訝。

崔世暻則擺出一副「不是女生那是什麼」的表情。

對宋理巘來說，金妍智根本算不上女生，但崔世暻哪裡知道，就算知道，從學期初開始就和宋理巘形影不離的金妍智一直是他的眼中釘，現在是他必須時刻關注宋理巘的時候，哪怕是再小的刺，也會扎進皮膚，讓崔世暻痛苦不已。

「嘖，真是的，竟然只為了這點小事……」

然而，大白天鬧出那麼大的動靜，竟然只是因為揹了金妍智這點小事，這個事實讓宋理巘感到無語，他撥弄了短髮，被汗水浸濕沾滿塵土的頭髮亂蓬蓬地豎起來，這是宋理巘感到頭疼或尷尬，想要草草了事時的習慣動作。

而崔世暻認出了這個習慣。

「原來對你來說，這只是『這點小事』啊，理巘。」

即使已經充分滋潤了喉嚨，但乾裂的喉嚨仍發出金屬般的聲音，在嫉妒的海洋裡，背叛感如同觸電般劈啪作響，「這點小事」，對宋理巘來說，崔世暻已淪落為「這點小事」程度的麻煩了。

「呀，不是你想的那樣……」

「是啊，對你來說就只是『小事』吧？你總是能把一切都變得不重要。」

崔世暻歪曲了他一直高度讚賞的宋理巘的優點，將其貶為缺點，他以自己受傷的深度來攻擊宋理巘，崔世暻想讓對方知道自己受到的傷害，隨著黑色瞳孔越發深邃，語調越發平淡，言辭卻變得更加刻薄。

「到現在為止，我的告白在你眼裡是不是也只是『這點小事』？所以你才能這麼隨便地拒絕我？」

「崔世暻，我警告過你講話小心一點。」

本來被氣得說不出話來，暫時平靜下來的宋理巘又逐漸開始憤怒起來，不過和崔世暻相比，宋理巘還保留著一絲理智。這裡是全校學生喧鬧熙攘的操場中央，周圍有學生們圍觀，他們好奇是否會爆發肢體衝突，而扶著朴允熙的金妍智也似乎隨時準備插手，不停用運動鞋的前端踢著沙子。

除非準備向全校師生公開出櫃，不然就得換個地方。

「跟我來。」

「……」

宋理巘原想抓住不肯離開的崔世暻的衣領，但手在快碰到領帶結時像爪子般縮回，他轉而拉住崔世暻垂下的手。被強行拖走的崔世暻在地上留下一道長長的宛如滑雪的痕跡，如果體格差距沒這麼大，他可能會試著把崔世暻像包裹一樣扛走，但崔世暻的體型太大，難以扛在肩上。

「所以，你只因為『這點小事』就不理我了嗎？」

「……」

「我不會放手的，跟我來。」

去年還顯得弱不禁風，看似會被困在食物鏈最底層的宋理巘，如今卻領著即將主宰頂層的崔世暻走在前面，這場面真是罕見。

平常午休時間都有女學生愛在這裡繞圈散步，今天因為沒有活動所以沒人。他們來到了葉子邊緣漸漸變色乾枯的花壇旁邊，宋理巘確認四周無人後才肯放開崔世暻。低矮的圍牆隔開了商店街和學校，此時一輛送貨摩托車呼嘯而過。

隨著校內外的噪音漸漸遠去，崔世暻冷靜了一些，用比先前稍顯溫和的語氣責怪宋理巘：「我都可以忍，我也知道自己多管閒事了，但是……你還是可以稍微顧慮一下我的感受吧。」

崔世暻不想聽宋理巘的解釋，如果他打算通過理性的對話來化解，就不會在眾人面前挑起事端了。

「至少可以不要在我面前這麼做吧。」

聽著崔世暻的訴說，宋理獻面無表情地凝視著崔世暻，讓人猜不透他的心思。

「在我這個無能為力的人面前，沒必要這樣吧。」

崔世暻就像比賽時對宋理獻挑釁一樣，想到什麼就說什麼，他平常掛在臉上的笑容也消失了，沒有笑容的崔世暻看起來一點也不親切，原本柔和的眼睛和嘴唇變得僵硬，那張俊秀的臉頓時變得冷峻。

笑容是為了在崔明賢的監視下假裝乖巧，但被嫉妒蒙蔽了雙眼的崔世暻完全忘記了崔明賢，拋開了壓在自己身上的枷鎖。

卸下枷鎖的崔世暻不再耍心機，也不再耍花招，他不再顧及對方感受，也不再和顏悅色地微笑。

他什麼都沒有了，唯一擁有的，就只有對宋理獻的那份心意。

這份心意就連崔明賢都無法控制，也無法築起堤防來阻擋崔世暻那有如大海般無邊無際的嫉妒，因為這已不是父母親所能掌控的範圍。

渴望與渴求、猜忌與嫉妒、獨占與占有慾，卸下枷鎖的崔世暻被這些本性支配，變得狂暴，他白皙的臉龐看似克制，但分明的五官卻流露出強烈的執著。

兩人彼此凝視了好一會兒。

乾枯捲曲的葉子在風中搖曳，發出沙沙的聲音，從拂過宋理獻的風中，傳來了他的體味，在操場上奔跑時流的汗和校服上的泥土混合，散發出的汗臭味又腥又濁，與溫和芬芳的香氣相去甚遠。

不過，這股氣味卻刺激著原始的本能。

劇烈運動後氣喘吁吁，流下的汗水中甚至混合了只有將鼻子貼在皮膚上才能嗅到的私密體味，崔世暻深吸了一口氣，濃烈的體味在血液中流動，在肚臍下方凝聚成一股奇妙的熱氣。

宋理獻不曉得他的體味引起了崔世暻何種熾熱的慾望，以挑釁的語氣問道：「你都說完了嗎？」

他那粗魯的言辭更是激起了崔世暻下腹的慾火。

「你想說的話都說完了嗎？」在月光映照波浪起伏的江陵夜海，宋理獻也曾說過類似的話。

那時是春末時分，海浪拍打著，在水泥碼頭的裂縫間瀰漫魚腥味的地方，宋理獻跟崔世暻說「不要忍，想做什麼就去做，我來承擔後果」。崔世暻從未忘記宋理獻說的這些話。

回想起來，在搭上前往江陵的高速巴士之前，就已經有徵兆了。晚自習時，宋理獻趕走了想一起學習的男同學，並安撫了發作的宋敏書，這對崔世暻來說是一種新鮮的衝擊。

崔世暻喜歡他成熟的模樣，崔世暻想做的事，宋理獻都能輕鬆完成，不知道他是怎麼做到的，視線不自覺地被吸引過去，或許是想模仿他，也可能是想依賴他。

以為是憧憬，原來是愛情。

也許真的只是憧憬。

但是在聽到不要忍耐的那一刻，崔世暻感受到自己被認同，而非被壓抑或強迫，那種激動的情感除了愛，無法解釋。

他說不要忍耐，那麼，必須承受後果的人不是崔世暻，而是宋理獻。

「……還沒，我還沒說完。」

思索完畢的崔世暻抬眼，漆黑的瞳孔凝聚著濃烈的黑暗，充滿了貪念不留一絲縫隙，顯得我行我素，他像剛成年的猛獸既生澀又具威脅性，年輕的氣息如猛獸的尖牙般危險，只顧著爭鬥顯得凶猛，卻不成熟。

原本對幼稚的打鬥感到厭煩的宋理獻，現在卻興致勃勃地抬起下巴。

這次，崔世暻就像再次看見宋理獻揹著金妍智參加比賽似的，衝動地說道：「和金妍智保持距離，不要和其他女生接觸，在我面前，不要碰她們，也不要和她們對視，到畢業之前，不要見其他人。」

「至少要找個比我更好的人，找個厲害到讓我連嫉妒的餘地都沒有的人。」

崔世暻知道自己沒資格要求，這是無理取鬧、逾越的行為，可能會讓僅存的好感都消失殆盡，但他只是按照宋理獻的話去做，不再忍耐而已。

「要是被人聽到，恐怕會以為我劈腿了呢。」宋理獻發出嘲諷的冷笑，似乎在嘲笑在平凡關係中表現過度的對方。

崔世暻憤怒地握緊拳頭，但強烈的嫉妒絲毫未減，擺脫束縛的崔世暻，其執著不會因此而減弱。

「崔世暻。」

抓住崔世暻下巴的宋理巘，用食指托住，拇指在下唇豐厚突出的部分來回摩擦。崔世暻皺起眉頭，但沒有推開，宋理巘有些粗魯的手隨意地轉動著崔世暻的下巴。

宋理巘粗略掃過光滑的下巴線條、無瑕的肌膚，以及從高挺的鼻梁延伸到臉頰的曲線，然後貪婪地欣賞著那雙充滿慾望、幽幽發亮的黑色瞳孔。

宋理巘看起來似乎很享受，這讓崔世暻感到有些煩躁，但宋理巘毫不在意，看夠了才開口說：「我跟她親嘴了嗎？接吻了嗎？只不過是一起玩遊戲才揹她的。」

宋理巘只是想強調親嘴和接吻絕對不會發生，卻突然覺得不舒服，微微抖著肩膀，打了個冷顫，他抓著崔世暻下巴的手指尖也傳遞了這份不適，而崔世暻皺起的眉頭稍稍舒展開來。

「那你又做了什麼？你不也是故意帶著女生在我面前抱來抱去的，這算什麼……越想越火大。」

宋理巘也有話要說，只是怕顯得心胸狹窄才一直沒開口，但既然崔世暻主動挑起了這個話題，他也不能就這麼算了，雖然知道對一個小孩這樣計較顯得小氣和卑鄙，但他必須說出來，這樣以後才不會感到鬱悶而捶胸頓足。雖然可能會改為「踢被子」，總而言之，宋理巘對崔世暻也有要追究的事。

「我知道你力氣大，但沒想到你會把女生的腰抱得那麼緊，簡直要把人家的腰給抱碎了。」

在兩人三腳比賽中，朴允熙的體力已經耗盡，但崔世暻的嫉妒之火仍未平息，在接連的比賽中，朴允熙幾乎是被崔世暻抱著跑遍了整個操場。

「跟我打籃球的時候，一次都不肯讓，女生稍微滑倒你就馬上停下來？」

如果說打籃球是為了五分鐘的親吻賭注而必須贏的話，那對待朴允熙的方式……就像是崔明賢強加的生活方式一樣，好學生應該體貼朋友的困難，配合他們的節奏，受這種觀念影響，每次朴允熙一落後，崔世暻就會停下，但他很快又會因為妒忌而衝向宋理獻。

沒有時間讓體貼和嫉妒在內心中衝突，崔世暻幾乎是抱著不斷落後、讓人心煩的朴允熙進行比賽，而這一切只是為了讓宋理獻難受。

然而，在宋理獻眼裡，那畫面卻是另一番景象。

「我累得要死的時候，你連眼睛都不眨一下只顧得分，她累了你就當寶貝摟在身邊跑，怎麼不乾脆含在嘴裡跑啊？」

宋理獻對崔世暻和初次見面的女生過分親密的接觸感到不快。與打賭籃球時相比，他心中的怒火被徹底點燃，毫不掩飾地諷刺起來，他那銳利的眼神變得更加凶惡。

當比分拉開，籃球賭注比賽接近尾聲時，宋理獻已經上氣不接下氣，喉嚨幾乎要燒起來了。好不容易投進一球的宋理獻，比賽一結束就癱在地上，儘管有賭注在身，但如果勝負如此懸殊，雙方本可以適度放水，一起享受比賽，但崔世暻卻拚命想贏。

宋理獻因為無法越過守在籃框前的崔世暻那寬闊的肩膀，屢次被搶走球，讓他咬牙切齒。

那個被挾在他腰側的女生，他最後索性抱著跑，好讓她更加輕鬆。

按照崔世暻的說法，昨天才接過吻，沒必要抱著別的女生跑來跑去吧？雖然是宋理巚自己先揹了金妍智，但那是因為想把獎品送給崔世暻，而且金妍智是兩人都認識的同班同學，可是崔世暻卻帶來一個從未見過如同大家閨秀般的女學生，並揹著她跑來跑去。

那個女生身材高䠷，長得漂亮，如果和崔世暻並排站在一起，就是連照相館都會想免費給他們拍照的相貌。不知道這兩人去年曾一起為學校拍宣傳照的宋理巚，因為這位激發他想像力的女生的出現，而咬緊了嘴唇。

雖然宋理巚認為崔世暻應該和同齡女生交往，但想像中讓一個長相平凡、五官不突出的女生站在崔世暻的身邊，和讓一個真實存在的女生站在他身邊，這兩者之間可謂是天差地別。

宋理巚對兩人的關係一無所知，只能發揮他貧乏的想像力，直到他的耐心慢慢到達極限。

宋理巚習慣在挑釁時貼近對方表現輕視，此時他緊挨著崔世暻，投射出反抗的目光，「怎麼不說話了？你這小子平常不是很會說嗎？」

「……」

面對宋理巚意料之外的攻擊，崔世暻一時腦袋一片空白。

如果是朋友，無論世暻是揹著女生走，還是頭頂著女生走，宋理巚都應該無動於衷。身為朋友，他最多只能表現出「你和她交往嗎？」這種程度的關心，不該嘲諷或表現出情緒扭曲的反應。

崔世暻為了挑釁宋理獻，雖然邀請了朴允熙一起參加比賽，但他並不認為這會有多大作用。

因為只有崔世暻一個人投入感情，他深信自己會成為那個獨自生氣、嫉妒、失望、感到被剝奪，最後黯然退場的失敗者，但眼前與他對峙的宋理獻並非如此。

在崔世暻擴張的瞳孔中，宋理獻的身體彷彿被分解成碎片後又重新拼湊在一幅畫面裡。

靜靜地站著不動時，風吹過臉頰時冷時熱，宋理獻神經質般咄咄逼人的語調，微啟的粉紅唇間粗重的氣息，充斥「這樣不對吧」不滿的棕色眼眸，最關鍵的是對朴允熙關係的質問。

就崔世暻的經驗來說，這些信號出現的原因只有一個，崔世暻有點懵了，問了一個和之前不一樣的問題。

「你……喜歡我嗎？」

他沒有說「我喜歡你」，而是脫口而出「你喜歡我嗎？」，當問題的方向一變，意義也隨之改變。一直只被動接受崔世暻心意的宋理獻，自己的心意被揭穿時，不禁倒吸一口氣。

校慶的喧鬧聲就像被浸在魚缸裡似的悶悶地傳來。

崔世暻厭惡這種懸而未決的沉默，於是又問道：「你是不是喜歡我？」

「……怎麼突然說些不相關的話，你是想轉移話題嗎？」

催促後雖然聽到了回答，但那刻意提高的語調不像宋理獻。

這份尷尬為崔世暻的猜測增添了根據，當初在輔導室裡第一次表白時被狠狠地拒絕，崔世暻一度排除了宋理獻喜歡自己的可能性，但看到宋理獻的反應後，發現也不是沒有可能。

崔世暻正興致勃勃地觀察宋理獻的眼神，發現了微微動搖的情緒，崔世暻貼近凝視那淡色瞳孔時，注意到了這細微的變化。

即使世上所有人都不知道，崔世暻卻看出了端倪。

崔世暻連宋理獻身體裡有另一個靈魂這件事都能發現，要是察覺不到這種程度的情感變化反而顯得奇怪。

崔世暻天生敏銳又聰明，能迅速掌握情況，善於察覺變化。從六歲起，因為遭受崔明賢的壓迫，他更常觀察他人，而不是關注自己。

要想表現得乖巧，就得滿足他人的需求而非自己的，這樣才能讓對方滿意，建立「好孩子」的形象。

崔世暻為了得到崔明賢的認可，觀察並滿足他人的需求。

雖然程度嚴重到被叫「爛好人」，但並不是所有爛好人都是一樣的，在資本主義外貌至上的社會中，像崔世暻這樣的案例，其被利用的特質也被視為魅力。

「崔世暻人太好了，我都替他感到難過。」喜歡崔世暻的女生們異口同聲地說，崔世暻每年至少會聽到一次這樣的話。

善良、富裕、帥氣，崔世暻具備的這些條件對年輕學生來說非常有吸引力，所以他收到了很多告白。

他曾與其中幾個人短暫交往過，從未主動提出交往的崔世暻，也從未主動提出分手，有些是默默地結束，有些則因為崔世暻對其他女生也同樣親切，讓對方不確定他們是否真的在交往而提出分手。

因此，儘管崔世暻在戀愛方面不大積極，但經驗卻很豐富。多年累積的經驗，讓崔世暻能輕易察覺誰對自己有好感，這個往常只用於裝傻充愣、適時從男女關係抽身的洞察力，在面對宋理巘時卻積極被運用。

崔世暻像解剖一樣仔細觀察宋理巘，儘管宋理巘不像朴允熙那樣羞澀或害羞，但本質上卻是相同的。

「理巘啊，回答我。」

崔世暻追問時，宋理巘轉過頭去，撥弄了一下短髮，他那半乾而顯得蓬鬆的髮絲上，留下了一道明顯的手痕。

「我不回應無稽之談。」

「我抱著朴允熙到處跑，讓你感到不爽嗎？」

如果宋理巘真的不喜歡崔世暻，那麼無論崔世暻和其他女生曖昧還是交往，他都不應該在乎，但宋理巘的反應恰恰相反——嫉妒，宋理巘表現出的嫉妒對崔世暻來說是希望的號角，像是宣告關係轉變的信號彈。

「有什麼好不爽的，不過是個比賽而已，孩子們玩在一起，難免會有肢體接觸，唉，該死……」看來「肢體接觸」這個詞讓宋理巘有些不舒服，他咬了咬舌頭，本想冷靜地化解情況，但卻失敗了。

宋理巚先是盯著地面沉默不語，隨即斜眼瞥了崔世暻一眼說：「就因為我說你和女生玩得太親密，這怎麼就跟喜歡扯上關係了？」

「我就是這樣，因為我喜歡你，所以我嫉妒。」崔世暻坦率地承認了。

然後，他執著地詢問宋理巚對自己是否也有同樣的感情，這對崔世暻來說至關重要，如果宋理巚喜歡他，哪怕只有一點點，那麼崔世暻的執著就能獲得正當性，並且能夠全面展現。

「回答我，你喜歡我嗎？」

「……」宋理巚用舌頭頂著口腔內側，把臉頰鼓起來，但還是不說話。

其實可以撒謊說不喜歡，實際上宋理巚也這樣做過。暑假之前，他確實對崔世暻沒有戀愛感覺，所以說不喜歡；暑假結束後，宋理巚為了讓崔世暻能找到好對象，謊稱不喜歡對方。

問題在於，之後宋理巚才意識到自己其實想要崔世暻。

「理巚啊。」崔世暻深情地呼喚著。

宋理巚用眼角瞄了一眼，突然覺得自己不該看，便用手遮住了眼睛，崔世暻有宋理巚最喜歡的模樣，那是只有那個年紀的少年才有的莽撞固執、笨拙生疏卻又可愛的樣子。

如今，光是看著已經無法滿足了，可能是金妍智無緣無故給了一些不切實際的念頭，心裡感到躁動不安。

「啊，金妍智，真是的……」

在這危急的情況下，金妍智手刃劈著手掌大喊的話在耳邊迴盪。

「你就大膽地告白說我愛你！像個男人！這樣聖誕節就能成為情侶了！」

偏偏金妍智的聲音似乎配合著「嗒！嗒！嗒！」的節奏重複播放，她鼓勵告白的聲音像蚊子一樣在耳邊嗡嗡響，讓人無法集中精神，無論宋理獻怎麼撥弄頭髮想趕走這個念頭，這聲音都像個頑皮的孩子挑釁著卻不消失。

「金妍智怎麼了？」一提到別的女生的名字，崔世暻就變得焦躁不安，抓住了宋理獻的肩膀。

「……放開我。」

「你看著我的眼睛，看著我的眼睛說……你喜歡我嗎？」不知道宋理獻情況的崔世暻焦急地想得到回答。

然而，宋理獻的腦海裡總是想起金妍智的碎唸，像是「為什麼不交往？」、「不愛嗎？」、「快去告白！」等，讓他無法直視崔世暻。

——不是，我怎麼能跟這年輕又俊俏的傢伙有什麼。

不知所措的宋理獻用手掌搓揉著臉，將視線轉向崔世暻以外的其他地方。

「好了，以後再說吧。」他隨即從崔世暻身邊走過。

崔世暻急忙抓住了他的肩膀，宋理獻踉蹌了一下，皺起鼻子，但沒有看崔世暻。這不是否認，而是逃避，宋理獻強烈的逃避，對崔世暻來說是肯定的意思。

「放開我。」宋理獻想離開。

崔世暻抓住了他的肩膀說：「把話說完再走。」

宋理獻掙脫，崔世暻又抓住，宋理獻再掙脫……從遠處看，兩人就像在演什麼搞笑短劇般一直重複滑稽的動作，隨著速度逐漸加快，緊張感也隨之升高。

宋理獻的步伐加大，崔世暻也變得急切，皺褶間沾著白色灰塵的運動鞋像在逃跑般奔向操場，崔世暻的運動鞋也緊跟其後。當快步變成競走時，他們進入了搭著藍色帳篷的社團活動區，因為和學生們相撞，原本快速的腳步變慢了。

崔世暻為了不讓宋理獻從人群中溜走，朝著那個棕色的後腦杓喊道：「理獻啊！」

兩側排列著社團攤位的通道裡，擠滿了穿著校服、卡通睡衣、便服等各種自由裝扮的學生。有些學生和外來人士主要是來逛逛的，也有一些學生為了招攬顧客而大聲吆喝，這種有如菜市場般的喧鬧景象讓人感到頭昏腦脹。

宋理獻身形比崔世暻小，比較容易在人群中逆行，反觀崔世暻，肩膀不停地撞到旁邊的人，難以穿過擁擠的人群，只能扭動肩膀追趕宋理獻。

「快快樂樂蓋房子——歡迎參觀我們的聯合社團！只要參觀就能拿到紀念徽章和明信片喔！」

然而，一個眼睛閃閃發亮的社團成員，為了拉客擋住了崔世暻的去路道：「學長，來參觀我們社團吧！」

崔世暻想從旁邊繞過去，但社團成員像螃蟹般橫著走，擋住去路並繼續宣傳。這位社團成員似乎認識崔世暻，一邊揮動雙手宣傳，一邊試圖把崔世暻拉進社團，但崔世暻的目光緊盯著悠然離去的宋理獻的後腦杓。

「理獻啊。」追著宋理獻背影的崔世暻喊了他的名字。

但是，那棕色的後腦杓並沒有回頭，反而混入了人群中，崔世暻的眼神頓時變得茫然若失。

「宋理獻。」

儘管崔世暻呼喚得如此哀怨，那無情的棕色後腦杓卻越來越小，被其他人的長髮和黑髮遮住，只看到一小部分，快要看不見了，逐漸被人群的頭遮住，棕色後腦杓若隱若現。

崔世暻感到危機，立刻大聲呼喊：「抓住他！」

「什麼，抓住？我，我嗎？」

原本拉著崔世暻的社團成員嚇得跳了起來，使得用繩子綁在身體前後的宣傳板也跟著劇烈晃動。

「那裡！抓住宋理獻！」

崔世暻高聲呼喊時，喧鬧的人群瞬間安靜下來，究竟發生了什麼事，為什麼突然要抓人呢？當學生們確認發出聲音的人是崔世暻後，紛紛轉頭看向他手指的方向，原本嘈雜的通道變得安靜，眾人目光聚焦在一個人身上，承受這奇異目光的宋理獻，後頸不禁一陣發麻。

「啊，幹！」

察覺到情況不妙的宋理獻立刻推開身邊的學生開始奔跑，崔世暻也怕錯過，在操場上追著他狂奔。

「宋理獻！站住！」

「不要再追了！」

宋理巘大聲吼叫著，同時心中充滿疑惑，有必要追成這樣嗎？他只是需要一點時間遠離崔世暻好好思考，為什麼要追著他跑呢？儘管心中充滿疑問，宋理巘的手腳還是誠實地在跑動。

「啊！啊啊，啊……」每當推開還沒弄清楚情況的學生時，尖叫聲不斷響起。宋理巘粗魯地推開學生，鑽進他們之間的縫隙，他看起來像是掌握了訣竅的人，不管縫隙多小，都先把身體硬擠進去。

當小混混的時候，能依靠的只有年輕和體力，只能靠身體硬拚，追逐逃跑的事情屢見不鮮。宋理巘像回到了在狹窄蜿蜒的市場巷道中逃跑的混亂時期，崔世暻根本追不上他。

崔世暻無法穿過人群，兩人之間的差距越來越大。

不過，在校內頗有名氣的崔世暻人緣倒是不錯，他對著一個正從宋理巘前面走過的男學生喊道：「承宇啊！抓住他！」

與此同時，宋理巘也對那個男學生大喊：「讓開！」

男學生聽從了熟識的崔世暻的指示，本能地張開雙臂想要阻擋時，宋理巘扭轉身體挺起肩膀，用瘦削的肩膀蓄力，以身體撞擊，男學生因此摔倒在地。

突然遭遇橫禍的男學生發出慘叫：「喔，啊！」

受到驚嚇的學生們讓開了路，但崔世暻的朋友可不只一個。

從一開始就觀察追逐戰的另一位男學生屏息等待宋理巘經過，然後撲了上去。宋理獻因為一邊忙著確保前方通道，一邊注意身後的崔世暻，所以沒能躲開從死角襲來的手臂。

「幹麼！你誰啊！」

宋理獻扭轉上半身，想掙脫從背後束縛他的手臂，但環繞在身上的手臂反而越勒越緊，一道興奮的聲音呼喊著崔世暻：「抓到了！我抓到了，世暻！」

「喂！你不放手嗎？」

「世暻！這裡！在這裡！」

怒吼聲──抓住宋理獻的男學生還以為自己聽錯了，但那確實是宋理獻發出的喉音，原本興奮地呼喊著崔世暻的學生，僵硬地轉動脖子。宋理獻回頭看是誰抓住自己時，冰冷的呼吸掠過男學生的皮膚。

宛如用筆勾勒出的清晰瞳孔近在眼前，連淡色虹膜上的黑色線條也能看見，在那瞪大的三白眼裡，正翻騰著一場寂靜的風暴。

──唉，我闖大禍了。

當意識到這一點時已經太晚了，被宋理獻的後腦杓擊中的男學生，頓時眼冒金星，鼻梁一陣刺痛，溫熱的液體從兩個鼻孔流了出來。

「呃咳……」男學生摀著鼻子，腳步踉蹌，鼻血順著手不停地流下來。

「宋理獻！站住！」

宋理獻本想再踢那個不知天高地厚的男學生一腳，但這時崔世暻已經迅速靠近。

「哎，幹。」

「呸！」宋理獻吐了一口唾沫，再度鑽進學生群中，此時學生們識趣地讓路，他在人群中狂奔，很快來到一個開闊的空間。

這裡是校刊社為了舉辦水球遊戲而準備的場地，遊戲規則是讓被懲罰的學生站在有臉孔洞的人形立牌後面，獲勝的學生朝立牌丟水球。遊戲本來進行得很順利，卻因這突如其來的追逐而暫停，不過參加者手中還握著水球。

宋理獻發現了裝滿水球的橡膠盆，迅速跑過去抱起一大堆水球，然後朝剛從人群中鑽出來的崔世暻扔去。

「……呃！」

命中率相當高，每個扔出的水球都擊中身體，讓崔世暻無法貿然靠近，宋理獻看似勝券在握，但崔世暻發現有臉部開洞的立牌時，形勢瞬間逆轉。宋理獻看出他的意圖，開始一次扔兩三個水球來阻止他，但全身濕透的崔世暻還是成功拿到了立牌。

「宋理獻，我們聊聊吧！」

「崔世暻，你這個瘋子！適可而止吧！」

擊中立牌的水球紛紛爆裂，但對於拿著立牌當盾牌靠近的崔世暻來說毫無作用，宋理獻見水球無效，便將剩下不多的水球一齊扔出去，然後逃之夭夭。

砰、砰、砰！水球宛如遊戲音效般爆開了。

「宋理獻！」

「別過來！」

「理獻！」崔世暻急切的呼喊和哀嚎響徹在清朗的秋季蒼穹。

宋理巚把那急切的呼喊當作燃料，加快了速度，如果崔世暻的呼喊是矛尖，那麼宋理巚便是為了避開背後刺來的矛尖，拚了命狂奔。這是一場追逐戰，就像債權人與債務人、警察與黑幫、勇者與魔王、愛情與戰爭……

桌子排成一長列的社團攤位似乎沒有盡頭，這樣下去會因體力耗盡而被抓住，宋理巚回頭一看，看到追來的崔世暻眼中的瘋狂，他立刻撐著桌子縱身一躍，桌子另一側的學生們嚇得四處逃散。

「呃啊！」

「宋理巚！」

宋理巚翻越到賣家席位後，把桌上的展示品掃向崔世暻，進行反擊，圖書社孩子們精心製作的書籤和書籍介紹板全都朝崔世暻飛去。崔世暻用手臂遮住臉，避開了尖角，瞇著眼確認了氣喘吁吁的宋理巚的位置。

在體能或體格上崔世暻或許比較有優勢，但在敏捷度和靈活性上卻比不上宋理巚，崔世暻無法像宋理巚那樣翻越桌子，只能隔著桌子揮舞手臂試圖抓住他。

宋理巚為了閃避崔世暻的手，向後彎曲如柳枝般的腰，為了不讓柔軟的腰部過度後仰，他緊繃著腹部和臀部，崔世暻的手險些抓住宋理巚的衣領，讓他忍不住嚇出了一身冷汗。

「啊——幹！」躲過崔世暻手臂的宋理巚，站直身子抓住桌邊想要翻桌，但沉重的桌子紋絲不動，他再次驚險地避開崔世暻的第二次抓撲後，宋理巚決定放棄桌子，選擇逃跑。

宋理獻像隻野鹿般伸展著長腿，很快就跑出了操場，穿過了校門。

崔世暻聲嘶力竭地呼喊「理獻啊！呀！宋理獻！」但已成為校門外一個小點的宋理獻連頭也不回地拚命奔跑，消失在下坡路的地平線盡頭。

最後，搞砸校慶活動的罪魁禍首就這樣逃離了現場。

夜晚，從校慶逃回家的宋理獻關上房門後，一直沒有出來，他不吃晚餐躲在房間裡，在黑暗中無助地躺著，拉上遮光窗簾後伸手不見五指的黑暗，與宋理獻焦灼的心情相似，也像他明天必須要去學校的慘淡處境。

從「明明可以撒謊說不喜歡，為什麼要鬧得那麼大跑掉？」開始，到「明天怎麼去學校？把校慶弄得一團糟，怎麼面對崔世暻？會不會被金妍智發現我喜歡崔世暻的事……」這些問題揮之不去。

複雜紛亂的腦袋現在已經無法思考，宋理獻趴下將臉埋進枕頭裡，悶在枕套的哀嚎無聲地擴散開來。

手機因為響個不停而被調成靜音，這時手機螢幕又亮了一下，螢幕閃過的光亮將天花板染成藍色，隨即又暗了下去，肯定是崔世暻不斷地聯繫，宋理獻甚至懶得給手機充電。

即使外面有人敲門，他也不為所動。

「理獻少爺。」

見裡面沒有回應，瑞山大嬸便對著門縫講話：「世暻來了唷。」

——那傢伙竟然追到家裡來了……

宋理獻擔心崔世暻會馬上推門進來，於是立刻站了起來，但房門依然緊閉，沒有任何動靜。

「我請他進來，但他說只是來送理獻少爺的背包就要回去，現在還在外面等著。」傳達完訊息後，瑞山大嬸仍在安靜的門前徘徊。

「哎喲，這陣子晚上挺冷的呢，不曉得他會不會著涼……」瑞山大嬸對著門縫自言自語的話裡，隱含著要宋理獻趕快出去免得崔世暻感冒的壓力。

如狐狸般狡猾的崔世暻早已用迷人的笑容和有禮的舉止哄騙了瑞山大嬸，宋理獻知道若是自己放任不管，瑞山大嬸會因擔心被冷落的崔世暻而來回奔波，讓他不得不屈服。

完全不知道崔世暻逐漸收緊的包圍網究竟會到何種程度。

當聽到鐵門被推開的吱嘎聲響時，靠在牆邊的崔世暻立刻站直了身子，在路燈的照耀下，他看起來很疲憊，眼下滿是黑眼圈，應該是為了收拾被宋理獻弄得一團亂的校慶現場。

「……」

當宋理獻走下大門的門檻時，一股濃濃的灰塵氣味從崔世暻的身上散發出來。

在兩個倔強對峙的少年中，崔世暻先遞出了宋理獻的背包，宋理獻依然警戒著看似平靜的崔世暻，但就在他接過背包背帶的那一瞬間，崔世暻突然拉扯了一下緊握的背包帶。

崔世暻將踉蹌著被拉過來的宋理巘逼到圍牆邊，張開雙腿困住對方，當被困在圍牆和崔世暻之間的宋理巘想要從旁邊逃脫時，他用手撐住牆壁阻擋，並將身影覆蓋在宋理巘的身上。

又被困在崔世暻和牆壁之間，宋理巘咬牙切齒地暗自發誓：「再怎麼不擇手段，我也要長高。」

崔世暻默默地看著咬牙切齒的宋理巘說道：「你喜歡我吧。」不是疑問句。

崔世暻已經確定宋理巘拚命逃跑的原因，他找上門不是為了獲得答案，而是為了確認。

宋理巘轉過頭去行使緘默權時，崔世暻的手掌突然按壓在他的心臟上。

「……喂！」

宋理巘驚慌地想移開對方的手掌時，崔世暻用下半身壓住了他。

緊貼的身體，特別是手掌傳來的心跳，過度的新陳代謝毫無保留地傳遞，宋理巘感到彷彿裸體被看見般的羞恥，想要推開崔世暻。

然而，想推開崔世暻的手卻被對方給抓住，放在他的胸口上，手掌下傳來了崔世暻快速的心跳，那有如拳頭般大小的心臟膨脹到極限，劇烈地跳動著。

心跳速度和宋理巘相似，因為懷著相似的情感，心跳的節奏也相似。

兩顆心臟漸漸地如同一個呼吸般同步跳動，確認了彼此心意的崔世暻，將上半身也靠了上去，兩人的胸口貼在一起，從胸骨下方到腹部都緊密貼合，隔著衣物，都能感受到因緊張而繃緊的腹部輪廓，而性器官微妙地相鄰，被擠壓的感覺帶來一陣熱潮與刺激。

路燈昏黃的光芒助長了興奮，宋理獻不自覺地微微喘息，略微張開了嘴，崔世暻將頭轉向宋理獻嘴唇間隱約可見的黑暗洞穴。

剛收拾完一團混亂的校慶就過來的崔世暻，身上散發著灰塵氣味，沒有溫暖的香味，也沒有整潔的面容，原本柔順的髮絲凌亂蓬鬆，露出半個額頭的臉龐顯得疲憊又銳利。

「你明明喜歡我。」

「……」

為了拉開與崔世暻幾乎要碰到嘴唇的距離，宋理獻將背貼在圍牆上縮起下巴，但是，能感受到對方呼吸的距離仍未改變，宋理獻難掩為難之色，喉結滾動，結果，他一直想避免的事情還是發生了。

他不想面對這種情況，不想陷入無法否認喜歡對方的境地，他才在校慶上大鬧一場逃走，但最終還是無法擺脫崔世暻的執著。

宋理獻理智冷靜，不像崔世暻那樣難以控制旺盛精力而魯莽行事。

如果只相信愛情就發展關係，有太多需要顧慮的問題，像是年齡、性別，以及日後真正的宋理獻靈魂出現的可能性……和因缺乏人生經驗而毫無顧忌直球對決的崔世暻相比，宋理巘體內那久經世故的靈魂，權衡並在意各種因素。

即使不顧年齡和性別交往，最後留下的還是崔世暻，因為他不可能背叛真正的宋理巘的靈魂。

若是如此，不如在校慶上大鬧一場，這也是出於愛護崔世暻的心意，只是表現方式不同而已。

宋理巘再次吞嚥唾液，喉結滾動，儘管下定了決心，越是在意崔世暻，嘴裡積聚的唾液就越多。

為了打破逐漸高漲的氣氛，宋理巘喊了出來：「對，對！我喜歡你！」

崔世暻還沒來得及高興，他又補了一個牽強的藉口。

「是、是朋友！我喜歡你是朋友之間的喜歡！」

「你會和朋友接吻嗎？只是看到朋友心臟就會跳得這麼快嗎？」崔世暻嘴角上揚，露出不屑的表情，讓人惱火的是宋理巘無法反駁。

很明顯，能引起這樣心跳的關係不可能只是朋友，但是他想不出其他藉口。

掌心傳來崔世暻的心跳聲，還有自己心臟的跳動，都太明顯了，無法否認。

「我要吻你了，如果只是朋友，現在就推開我。」

「喂……嗯！」

兩片幾乎觸及的唇瓣立刻貼合在一起，崔世暻輕輕地壓住對方柔軟的下唇，像揉麵團般壓著下唇，並含入口中輕輕吮吸，兩人的嘴唇很快就變得溫熱，濕潤起來。

因輕咬吸吮而變得柔軟的嘴唇熱度上升，宋理巘原本想緊閉著雙唇，但嘴唇上蔓延的癢熱感讓他縮了縮發麻的脖子，不由自主地張開了嘴，崔世暻的舌頭趁機鑽入了那道縫隙。

隨著唾液的交融，這個吻變得與以往不同，變得像發情的野獸一樣粗暴，這是一個生澀的吻，控制不住澎湃的慾望，只顧著貪婪地探索，因為沒有經驗，毫無技巧可言，只是一味地強硬推進，這樣的吻笨拙又粗魯，沒有一絲快感。

雖然如此，宋理巘的背部還是微微顫抖，如果由他來主導，肯定會是更加熟練且充滿快感的吻，但崔世暻那生澀的吻卻如此刺激，讓他忘記了那些嫻熟的吻技，這個吻充滿了宋理巘覺得崔世暻可愛的特質。

宋理巘感到雙腿無力，緊抓住崔世暻的肩膀，但他的背還是順著牆滑了下去。

崔世暻彎下腰，追隨著滑坐下去的宋理巘，為了不分開糾纏的舌頭和重疊的嘴唇，他轉過頭，銳利的下顎輪廓變得更加突出。

崔世暻單膝跪在跌坐在地上的宋理巘雙腿之間，雙手捧著宋理巘的臉頰，用濕潤的舌頭輕輕撫弄，頸項滲出汗珠，一股熱流積聚在下腹，這種感覺讓人上癮。

一直到喘不過氣來，不得不分開雙唇，宋理巘才推開崔世暻，聲音顫抖著說：

「啊，不行。」

明明該做的都做了，卻又推開對方，宋理巘也覺得自己這反應又蠢又可笑，但這是眼下他唯一能做的。

崔世暻捧著宋理巘的臉頰，根本不聽，又想要吻上去，但宋理巘急忙推開他的肩膀，急促地喊道：「未、未成年！」

看到宋理獻像個純樸的鄉下青年般拒絕，崔世暻不禁笑道：「沒關係，別人看我們倆都是未成年。」

「喂，我，我……」宋理獻含糊地說著，濕潤腫脹的嘴唇微微顫抖。

崔世暻無法移開目光，緊盯著被自己唾液塗得微微發亮的唇瓣，當崔世暻再次低頭準備親吻時，宋理獻用雙手擋住了他的嘴。

這時，宋理獻突然想到了新的藉口，趕緊提醒對方身為學生的本分。

「唸，唸書！」

崔世暻眉頭微蹙，眼角流露出不滿的神情。

「學、學測，我們要考學測。」宋理獻急忙強調，這是一個恰到好處的藉口，他很納悶怎麼會現在才想到。

「在、在學測考完前我不談戀愛。」

不知是真心話還是逃避的藉口，崔世暻探究的目光一直緊盯著宋理獻。因為接吻臉頰紅熱的宋理獻，呼吸急促，眼神迷離，看起來並不大可信，原以為會堅持到底的崔世暻卻意外地順從退讓了。

「好。」崔世暻在宋理獻的嘴唇上重重地吻了一下，就像蓋章一樣，隨後鬆開了捧著他臉頰的手。

「我會等到學測結束。」

雖然不知道真的宋理獻的靈魂何時會回來，假的宋理獻仍然全心投入大學學測，因為不確定的未來努力不是一般意志就能做到的，這意味著他有多麼地渴望考上大學，而崔世暻就是這份渴望的見證人。

在這種情況下，就算幫忙都稍嫌不足，絕不能成為讓人留下遺憾的絆腳石。

崔世暻喜歡的宋理獻是一個自信且有所成就的人，因此崔世暻想給予他所渴望的一切。

「我不能再等更久了。」這已經是他的極限了。

崔世暻抱住了宋理獻，他無法保證懷中的軀體永遠都是自己所愛的那個人。

真的，他不能再多等了。

第四章

要不要一起私奔？

宋理獻就讀的高中新館大廳天花板上懸掛著一個小型LED看板，倒數著學測考試的日期。

每年一月一日，LED看板都會依照那年升高三學生的考試日期重新設定，當倒數天數還是三位數時，高三學生們還能無所顧忌地通過大廳，但當倒數減至兩位數時，他們便開始變得敏感，不願意再經過大廳。

現在是九月底，離十一月中旬的學測剩下不到六十天。

在大峙洞補習街和網路課程的網站上，學測前總複習衝刺課程如雨後春筍般湧現，書店裡也堆滿了袋裝的模擬考試卷準備賣給考生們。

教室裡的風景也變了，公布欄上貼滿了國內大學的排名指標，學生們還收集了各大學寄來的招生簡章，互相傳閱。

報名推薦甄試入學的學生們各自前往申請的大學參加面試和論述考試。偶爾會聽到其他班級傳來掌聲，那是在祝賀提前錄取了推甄的學生。

不管是推甄落榜的學生們，還是瞄準學測的學生們，都在為提高難以維持的模擬考成績而拚命讀書。

然而，即將到來的學測讓考生們感到不安，即使是試圖穩紮穩打調整步調的宋理獻，有時也忍不住看手機，顯得焦躁不安。

隨著學測日期的逼近，自修室的桌子變得越發凌亂，就連崔世暻一向保持乾淨的桌子，也堆滿了已做完的題本和模擬考試卷。特別是最近，學校不再上課，每天都按照實際考試時間進行模擬測驗，批改完的試卷堆積如山。

相比之下，崔世暻因為錯題較少，所以整理得還算乾淨，反觀坐在旁邊的宋理巘，連崔世暻丟在一邊的試卷都拿來用，把錯題剪下來貼在錯題本上，弄得座位一片凌亂。

因為升學輔導在學校待到很晚的崔世暻，買了晚餐便當進入了自修室，這時，天花板上的燈關著，只剩下書桌檯燈亮著，迎接崔世暻的是宛如幽暗洞穴中只點著蠟燭的空間。

先來的宋理巘從隔板探出上半身，揮手問候：「來了啊。」

雖然和平常的問候沒什麼不同，但崔世暻注意到了一些與往常不同的地方。

「發生什麼事了嗎？」

「沒事。」

但是，心事重重的宋理巘言行不一致，從他憔悴蒼白的臉色看來，肯定是發生了什麼，但崔世暻認為追問也不會得到答案，就先坐下了。

崔世暻拿出學習資料，翻開了題本。原本端正的姿勢漸漸放鬆，頭靠在自修室書桌的隔板上，另一側的隔板也承受了同樣的重量，兩人隔著隔板，以相似的姿勢靠著頭而坐。

沙沙作響的書寫聲如白噪音般傳開，宋理巘靠著的隔板震動了一下。

「……我推甄全都落榜了。」

高三第一次期中考幾乎墊底，影響甚鉅，雖然高一、高二時的在校成績還不錯，但在校成績占比最高的高三，卻拿到幾乎全校倒數的成績，使得情況難以挽回。

因此，在填申請書時也沒抱太大期望，還告誡自己就算被錄取了，如果宋理獻的靈魂回來也無法去上學，所以不要貪心。但是，當真的在第一階段全部落榜時，還是難掩失望之情。

金妍智告訴他的考生論壇反而成了毒藥，平常不大看手機的宋理獻，看到論壇裡出現錄取的認證貼文時，他就不停地刷新頁面。那時他還算冷靜，但是當某個在校成績和他差不多的學生，發文說通過了跟他申請的大學同科系的第一階段，宋理獻立刻進入大學網站查詢錄取名單。

結果落榜了。

鮮紅的落榜二字深深刺痛了因過度用功而變得脆弱的考生心靈。

那個錄取的學生可能是勉強達到錄取門檻，但不知道還好，知道了一個成績和自己不相上下的學生通過了第一階段審核，準備參加第二階段的面試，自己卻因些微差距落榜了，這讓宋理獻感到非常難過。

他知道與他人比較毫無益處，甚至會侵蝕尚未發揮的潛力，即使在黑幫時期，他也不曾拿手下與他人比較，但他對待自己比對待他人更嚴苛的標準，卻將他推入了沮喪的深淵。

失敗的苦澀讓人生的起伏更加陡峭。幸好還能夠傾訴並得到安慰，讓心情好轉，宋理獻期待著合乎常理的安慰，將身體倚靠在自修室的隔板上。

「太好了。」

「……什麼？」

——我聽錯了嗎？

宋理獻的肩膀滑出隔板。

崔世暻也同樣地把頭探出隔板，兩人的額頭碰在了一起。

「你學測會考得很好，別擔心。」崔世暻擦去了宋理獻眼角微微泛出的淚水。

宋理獻強忍著不哭，瞪大了眼睛，但已經泛紅的眼睛卻無法掩飾，被比他年輕的崔世暻看到自己哭泣的樣子，他還沒來得及感到尷尬，崔世暻就抓住宋理獻的後頸叮囑道：「我們一起調整狀態到學測為止就行了，你能做到的。」

「……」

「有我陪著你，你一定能做到，理獻啊。」

狂妄自大的話經崔世暻之口道出便成了自信，而且還相當可靠，宋理獻和崔世暻一起學習後成績顯著提高，不得不相信他的話。

「……對，我能做到。」宋理獻依靠著緊貼的額頭，重複了崔世暻的話。

雖然考試和去年一樣，但這次他心中湧現能做到的強烈信念，這可能是因為有崔世暻在的緣故吧。

兩位考生使用的自修室在午夜過後依然燈火通明，長時間維持同一個姿勢讀書的崔世暻為了伸展肩膀而挺直了腰背，他伸了個懶腰，肩胛骨凸顯，校服襯衫的背部被撐得緊繃。

崔世暻摸索著架子，然後從架上拿起手機確認時間，凌晨一點二十二分，自修室凌晨兩點關門，得在那之前離開。目前注意力已經渙散，還是起身比較好，崔世暻正要叫宋理獻回家，卻突然停住了。

均勻的呼吸聲在空氣中迴響，鄰座上，一個身穿針織背心的背影趴在書桌上，形成了一道柔和的弧線。

約莫一小時前，他還要求借答案卷，應該沒睡很久，凝視著規律起伏的背部，崔世暻忽然抓住自修室書桌的隔板站了起來。

隔板的另一邊，宋理獻蜷縮著靠在角落睡著了，用「蜷縮」來形容再適合不過，他把臉頰靠在交疊的手臂上，臉頰被擠壓，嘴唇微微張開，那均勻的呼吸聲就是從微張的嘴巴裡傳出的。

凝視著那個側臉的崔世暻很快彎下了身子。

抓著隔板上方的修長手指一用力，手背的骨節突出，伸直的手臂所形成的弧度與低垂的肩膀相接，自修室書桌上的檯燈照在他挺直的肩膀上，顯得格外耀眼。

崔世暻彎下身體，將緊繃的寬闊後背壓在宋理獻身上，輕輕吻上對方那微微張開的嘴唇。

雙唇碰在一起，崔世暻小心翼翼地將乾燥的嘴唇輕輕貼上，以免驚醒熟睡的宋理獻。在這個只屬於他們的昏暗但溫馨的空間裡，伴隨著均勻的呼吸聲，分享著彼此的體溫。

這只是某個平凡日子裡的小小特別之處。

❦ ❦ ❦

有人說學測的花語是嚴冬⑤。學測前一天，考生們為了提前查看考場而出門，在前往應試學校的途中下起了雪，這場雪是十一月的初雪，伴隨著寒風飄落的細雪，讓枯寂的景色更顯蕭瑟。

室內十分溫暖，為了應對突如其來的寒冷，地暖散發的熱氣溫暖了空氣。音量調得很小的電視中，主播正在建議考生們使用大眾交通工具，以免因交通擁堵而遲到。

宋敏書側躺在客廳的沙發上，蓋著毛毯睡著了，瑞山大嬸正在準備明天要給宋理獻帶的便當，為了熬製牛骨湯，長時間開著瓦斯爐，濃郁的牛骨湯香氣從潮濕的廚房飄到了客廳。

說要早點睡覺上了二樓的宋理獻，又穿著外套下樓時，站在廚房能看見客廳電視位置正在準備食材的瑞山大嬸叫住了他：「您要去哪裡？」

宋理獻一邊戴起連帽外套的帽子一邊回答：「我去門口一下。」

待在室內時沒感覺，出了玄關才看見細雪又開始飄落，宋理獻伸出手想接住細

注釋⑤　學測的花語是嚴冬：韓國大學學測日期是在十一月中旬。

雪，隨後又將弄濕的手放入外套口袋，縮著肩膀跑了起來，他光腳穿著拖鞋，在寒冷中匆忙地穿過了庭院。

大門一打開，便看到崔世暻仰望著夜空，他在校服外面套了一件絨毛外套，仰頭時烏黑發亮的頭髮向後飄逸，從額頭到鼻梁，再到嘴唇的側面線條，既有起伏又顯得精緻。

崔世暻輕啟的唇間吐出白色的霧氣。這副景象讓宋理巘想起了很久以前看過的一部日本電影的海報，女主角站在雪地背景中的畫面給人留下了深刻印象。

——漂亮的傢伙。

感受到宋理巘帶有私心的目光，崔世暻大步走近，遞出裝滿巧克力的心形盒子，然而，兩人都知道巧克力只是次要的，宋理巘任由崔世暻抱住自己，因絨毛外套的保暖功能而變得溫暖的崔世暻，用自己的體溫融化了穿越庭院時凍僵的宋理巘。

「考試加油。」

「你也是。」

宋理巘也伸出手臂，摟住了崔世暻的背，用力摟住那未能投入懷裡的堅硬背部，彷彿要將它壓碎，原本令他難以入眠的不安逐漸平息，胸口湧現了一種幾乎讓他窒息的強烈情感。

宋理巘依偎在堅定又熱情的崔世暻身上，反覆告訴自己「會順利的，我能做到」。他覺得自己什麼都能做到，不再害怕明天的學測。

❦❦❦

考場教室的廣播器中傳來了鐘聲，和往常模擬考那天的鐘聲一樣。那看似永遠不會結束的時刻，卻僅以一個普通的信號宣告終結，與為了聽到這個鐘聲所付出的努力相比，結束的速度快得荒謬。

宋理巘放下2B鉛筆，仍無法相信真的結束了，有些茫然地環顧四周，在同一間教室應考的考生們，看起來也和宋理巘一樣。

收走考卷的監考老師見沒有什麼問題，就讓學生們離開了。

「大家辛苦了。」

一大早起床就趕來考場，不知不覺間就考完了，學測考試正式結束了。

「哇……」

宋理巘用手搓了搓臉。

真的結束了，那些為了考上大學坐在書桌前埋首苦讀的日子，如走馬燈般地在眼前閃過。為了今天付出了幾年的努力，在短短幾小時內就畫上了句點，身體的某個角落有種空虛的失落感。

現在宋理巘只想見到崔世暻。

❦❦❦

學測結束後的教室可以說是一片混亂，沒有老師能阻止剛經歷過攸關生死大考的學生們，他們不願意乖乖地坐在座位上，而是到處亂跑玩鬧，走廊和教室裡都充滿了喧鬧聲。

「李在根沒來學校嗎？有人知道李在根的消息嗎？」

「聽說他找到工作了。」

「找到工作了？在哪裡？」

「便利商店。」

宋理獻懶洋洋地靠在窗邊的座位，上午他帶著寫在准考證背面的答案的自我評分成績，和鄭恩彩討論過了，雖然準確的成績要等到學測成績單出來才知道，但是他決定按照班導給的建議填寫志願並報名術科補習班。

鄭恩彩介紹了一位和宋理獻報考相同科系的學生給他認識，他打算下午就去那個學生上的補習班看看。

新的體驗照理說應該會讓人感到興奮，但慵懶的宋理獻對此感受到的不是刺激，而是疲倦。

似乎是身心倦怠症候群（Burnout syndrome），學測前精力充沛、像隻活魚般活蹦亂跳，曾經讚嘆「啊！這就是青少年啊！年輕真好！」的那種欣喜若狂，如今卻顯得遙遠。

宋理獻放鬆四肢，無力地說道：「適可而止吧。」

然而，正在為他塗指甲油的女生們根本不聽，曾經毫不猶豫地用折疊刀劃破會長耳垂的宋理巘，現在卻成了班上女生們的芭比娃娃。

面對弱小的存在時，宋理巘總會變得鬆懈，成為一個容易擺布的對象，女生們盡情地在他身上試驗用考生優惠買來的化妝品，就算她們用修眉刀刺他，或是掐他的皮膚，宋理巘也完全提不起任何興致。

「理巘啊，明天你會和誰一起行動？」

「他應該會跟世暻一起吧。」

「世暻明天也會去嗎？」

女生們自問自答，她們懷疑崔世暻是否會同行，因為崔世暻學測考得太好了。學測考得和模擬考一樣好的崔世暻，錯題數不超過十題，模擬考的成績被以「期望很高」的鼓勵帶過，但當學測成績也同樣出色時，引起了熱烈回響。

崔世暻出身於顯赫家庭，崔明賢為了防止崔世暻產生特權意識和優越感，不讓他出現在大眾媒體或接受訪問，但學校方面卻為了增加韓國大學的錄取生人數並藉此宣傳學校，緊抓著崔世暻不放。

宋理巘一直漫不經心地聽著女生們嘰嘰喳喳的閒聊，但不知從何時起突然聽不懂她們的對話，便開口詢問：「明天有什麼事情嗎？」

「我們不是要去遊樂園嗎！」

「遊樂園？」

瞬間，宋理巘的興致被點燃了。

長期和陽光下正當娛樂活動隔絕的金得八，最後印象中的遊樂園是在白色雕塑上盛開著鬱金香的地方，不過，那是他從廣告中看到的，他其實從未親自去過。

是像夢精靈主題公園⑥那樣的地方嗎？要準備紫菜飯捲嗎？剛還充滿熱情地想到要準備水煮蛋和汽水，但隨即又被無力感給吞沒了。

那種地方只有小孩子才會覺得好玩，嘿，做人要懂得矜持啊。

宋理巘像是經歷了世間萬事般懶洋洋地仰靠在椅背上，在學測寒流未完全褪去的蔚藍天空下，他只感到無比的空虛。

學測結束後，崔世暻的日常生活並沒有太大的變化，本來就不曾將考試視為人生重大難關的他，考前考後的感受差異並不明顯，他反而覺得考前更加自在，因為學測成績優異而蜂擁而至的訪談邀約，讓不喜喧鬧的崔世暻感到反感。

幸好今天不是去學校而是去遊樂園，這讓崔世暻的心情不錯，他在校服外披上了一件蓋過臀部的長版羽絨外套，在鏡子前駐足了許久。

「嗯。」

今天的瀏海特別塌，崔世暻用手撥向額頭後面，感覺不對，又用雙手像爪子般把瀏海撥到後面。

「嗯。」

——好難弄喔。

崔世暻轉動臉部角度照著鏡子，抬起下巴搔了搔脖子，然後又將頭髮壓回原狀，讓有點凌亂的髮型看起來比一開始自然些，他原本正要拿髮蠟的手停住了，轉而查看手機。

崔世暻傳簡訊給宋理獻說要跟他一起去，但宋理獻可能去晨跑，到現在都沒有回覆，看了訊息上未消失的「1」，崔世暻把手機放進羽絨外套的口袋。

下樓時，正好遇見了從車庫上來的崔明賢，他那被歲月刻滿皺紋的眼角在看到崔世暻後慈祥地笑了。

「媽去上班了嗎？」

崔明賢習慣在晚班或是休息日時送妻子上班。

「過來這邊，該吃早餐了。」

崔明賢領著崔世暻去的地方不是餐桌，而是餐廳和廚房之間的小烹飪空間。崔明賢經常親自為崔世暻下廚，這也暗示了他們的談話將會很長。

崔世暻單手掏出手機，藏在餐桌下偷偷打字，他外表看起來很成熟，但不看手機螢幕偷偷傳簡訊的模樣，活脫脫就是個十九歲少年。

崔世暻給宋理獻發了簡訊，說他會晚到，讓他先去遊樂園，然後就收起了手機。

注釋⑥　夢精靈主題公園：這是韓國大田廣域市一座著名的主題樂園，名稱中的꿈돌이（Kumdori）是一九九三年大田世界博覽會的吉祥物。

捲起袖子的崔明賢把吐司放進烤麵包機，然後在平底鍋裡打了一顆蛋，奶油香氣四溢，蛋黃隆起的煎蛋邊緣在滋滋作響的油裡變得金黃酥脆。崔明賢一邊在剛烤好的吐司上塗抹果醬，一邊問起崔世暻的近況。

崔明賢早已掌握崔世暻的學測成績和升學計劃，所以談話內容大多是日常瑣事，但崔世暻仍然神經緊繃，提防父親可能在談話中設下的陷阱。

「你那位朋友學測考得好嗎？」

有著天使臉龐的崔世暻故意假裝沒聽懂，眨了眨長睫毛，見崔明賢不打算輕易放過他，才裝作聽懂了。

「啊，理瓛嗎？對，他考得很好。」

學測考試當天，本來想要陪他到很晚，但因為有親戚聚會，只能通電話簡單聊聊。總的來說，宋理瓛考得還不錯，雖然以崔世暻的標準來看不算太好，不過仍屬於前段，等級也還不錯。

但是，當問他要填哪些大學時，他卻三緘其口。

「世暻啊。」慈祥的呼喚中夾雜了如骨骼般的嚴厲。

崔世暻握住叉子和刀的手也不知不覺地加重了力道。

「校慶那天鬧事的人是你那位朋友吧？」

這種明知故問的話術，讓崔世暻在進入正題之前就感到不耐煩。

崔明賢知道學校發生了什麼事，畢竟他們把校慶搞得一團糟，他不知道才奇怪，只是崔明賢聽從了妻子的意見，決定等到崔世暻考完學測再說。

「我以為你上了大學就會漸漸和那位朋友疏遠，所以我一直靜觀其變，但看來好像不會。」

這話聽起來好像在暗示他知道他們之間的親密關係，崔世暻想起了將宋理獻逼到牆邊的那個吻，以及學測前一天跑到宋理獻家門口擁抱的情景。

他到底知道多少呢？

崔世暻察覺到崔明賢的監視網，忍受著前所未有的恐懼。

到目前為止，崔世暻之所以能夠忍受監視網，是因為他沒有需要隱瞞的私生活。然而，從有了想要祕密珍藏的事情開始，監視網就變成了難以忍受的存在。

恐懼的感覺轉化為暴力的衝動，他想要毀掉那個企圖掌控自己的父親，想成為父親完美人生中的一個污點，將父親的榮耀變成黯淡的過去。

隨著衝動越發激烈，崔世暻的黑色眼瞳也越發深沉。

「我知道干涉你的交友有些過分，但是你最好跟那位朋友保持距離。」

「……」

「你不是曾經要我別動那個朋友，可是……世暻啊，那位朋友對你來說才是最危險的存在。」

去年夏天，為了履行對宋理獻的承諾，崔明賢逮捕了當地的黑幫，在提升業績的同時，崔明賢心裡只有一個想法，就是要讓宋理獻遠離他的兒子，因為宋理獻密告的內容是真實的。

對於內心總在犯罪邊緣遊走的崔明賢父子來說，與黑幫有關聯的宋理獻是個危險的存在。

就在那個時候，他聽到了崔世暻在校慶鬧事的消息，這有點過於激烈了，難以視為學生的惡作劇，行為相當魯莽，甚至還有學生受傷。

十二年來一直乖乖上學的崔世暻竟然鬧事了，知道宋理巘存在的崔明賢已經將他視為危險人物，並輕易看穿崔世暻和宋理巘之間發生的追逐戰，這種不分時間地點的鬧劇怎麼看都不會是好事。

還不知道崔世暻喜歡宋理巘的崔明賢，堅信將宋理巘隔開是正確的決定。

他從平底鍋中取出邊緣已呈褐色的煎蛋，接著將處理好的蔬菜倒入鍋中，滋滋——熱油四濺，翠綠的蘆筍逐漸失去了活力。

「廚房是個危險的地方呢。」

崔明賢翻炒蔬菜的手停了下來，他心愛的兒子聲音像蛇在爬行般地低沉冰冷。

「只要按住後腦杓，就能輕易把臉按進滾燙的油裡，被火烤也很容易，伸手就能拿到刀具，菜刀、剪刀、攪拌機、叉子……到處都是能切開皮肉、見血的工具，處理屍體也很方便。」

「不要藏起來，而是要處理掉。」崔世暻低語道，慢慢抬起頭來，那張面無表情的臉上，黑色眼眸裡的黑暗顯得格外深沉。

「世暻啊。」

「爸也有過這種想像嗎？」

如果是這樣，崔明賢的監視網也就不難理解了。

「再過一個月我就成年了。」

不過，理解和侵犯是兩回事，理解不代表同意侵犯，是否接受侵犯是一個心態問題，而宋理齾所在的領域是不願被侵犯的私密之處。

「這代表，就算我真的殺了人，也跟爸無關。」

一直以來，崔世暻都相信自己能將殘忍的幻想與現實區分開來，那是他的傲慢。理智渙散、眼神渾濁的崔世暻，出於倔強也想讓父親失望，只要能看到那個控制和壓迫自己的父親因失望而扭曲的臉，他甚至可以去殺人。

冷風掠過蔚藍的天空，尖叫聲在空中迴盪散去，沿著蜿蜒軌道前行的列車上，隨著速度和傾斜度的變化尖叫聲此起彼落。此時正值學測結束之際，遊樂園成了考生們的天堂。

之前一直在失落空虛中掙扎的宋理齾，此刻成了在遊戲園四處暢遊的主角。

「再玩一次！」

「排隊，排隊！先排隊！」

「呃啊啊啊啊——」

宋理齾搶坐在雲霄飛車的最前排，盡情享受著強風將緊緻的臉頰肌膚拉扯的速度感，放聲大叫。

遊樂園有各種刺激的遊樂設施，是尖叫和興奮的腎上腺素爆發地。對深陷身心倦怠症候群的宋理獻來說，這裡是再合適不過的場所，可以釋放長期學習累積的壓力。

萬事都覺得麻煩，就只帶了錢包和手機出門，這也是明智之舉，宋理獻身輕如燕，四處飛奔。

成為先鋒隊長的他，帶著班上的同學們浩浩蕩蕩地到處遊玩。

不久之後——

「媽……媽媽……」

宋理獻被孤零零地留在一個陌生的地方，身邊有個哭泣的孩子，孩子仰著頭號啕大哭，掉隊的宋理獻心情也和他差不多。

「唉，我也好想哭啊……」

這都是因為他太過吵鬧了，用沙啞的嗓音喊著「夢想與希望之國度」的遊樂園員工疲憊不堪，於是急忙把宋理獻送上列車。

宋理獻就這樣糊裡糊塗地坐上了正要出發的列車的最後一個座位，和班上的同學分開，先出發了。

如果在下車的地方等待，就能遇上搭乘下一班列車抵達的班上同學，但是第一次來遊樂園的大叔不明就理，被人潮擠著走到了出口，結果成了和迷路的小孩同病相憐的可憐蟲。

「哇哇……」

這孩子又是誰呢？一個看起來約莫六、七歲的孩子在嚎啕大哭，心煩意亂的宋理巘抓了抓後腦杓，蹲下來與他平視。

「你知道父母的電話號碼嗎？」

「嗚嗚嗚……010……284……嗚嗚嗚……」

孩子哭著說出電話號碼時，宋理巘害怕錯過，急忙翻找外套口袋，但只摸到一些灰塵，不禁嘆了一口氣，他想起手機在金妍智隨身攜帶的小包裡，因為他坐太多那些劇烈搖晃的遊樂設施，所以把手機和錢包都交給她保管了。

他無奈地把手中的灰塵丟出去，孩子似乎感到不安，越哭越大聲。

「哇嗚哇、哇、哇嗚，哇……」

「臭小子，別哭了。」

好不容易哄騙安撫後，宋理巘揹著還在抽泣、滿臉鼻涕的孩子，一路詢問找到了遊客服務中心，看著這個在都市難得一見的童話風建築外觀，他再三確認了標誌，才用腳尖推開了大門。

從天花板的暖氣機吹出來的熱風讓頭頂感到一陣悶熱。

在遊客服務中心的櫃檯前，一名先到的男子正用手肘撐著櫃檯，他戴著帽子，身穿蓬鬆的羽絨外套，下身則是同校的制服褲子，那頭烏黑的頭髮和修長的雙腿讓宋理巘感到熟悉，他歪著頭走近。

「我想找一個人。」

聲音也是，的確是那個說會晚點到遊樂園的傢伙。

櫃檯職員專心聽著男子的陳述，沒注意到有其他訪客到來，因此宋理獻得以偷聽到那傢伙來遊客服務中心是為了找誰。

「他的頭髮短短的，髮色是天然的棕色，膚色白皙，眼角微微上揚。」

那男子甚至還特地用食指將自己下垂的眼角往上提，非常親切地詳細說明。

「嗯，好的，還有嗎？他幾歲了？」

「十九歲。」

「嗯。」

「長得很漂亮。」

原本態度無比親切的工作人員，突然用看瘋子的眼神看著崔世暻。

「不過你得要小心，他的脾氣比較暴躁，要是不小心惹到他，可能會被咬。」

在後面半信半疑地聽著的宋理獻，不知怎的越聽越不爽，便插嘴道：「你說的那個人該不會是我吧？」

宋理獻不想再聽下去，用手抓了抓頭髮。

櫃檯職員嚇了一跳，但崔世暻卻露出微笑。

崔世暻驕傲地把宋理獻拉到身邊，摟著他的肩膀炫耀：「漂亮吧？」

崔世暻那雙因為早上和父親的爭吵而變得混濁的黑色眼眸，此刻卻如星光閃爍的夜空般明亮。

宋理獻將揹來的孩子交給遊客服務中心的工作人員後走出門外，室內外溫差過大令他渾身發抖，崔世暻則一拐一拐地走出來，因為他的小腿被踢傷了。

「為什麼不接電話？」

「我的手機在金妍智那裡。」

學校裡的追逐戰已經夠了，深怕對金妍智過度敏感的崔世暻又吃醋，宋理獻急忙補充道：「別誤會，我是怕坐遊樂設施時會弄丟，才交給她保管的。」

果不其然，崔世暻臉上露出意味深長的微笑，看來他心中對金妍智的嫉妒之火尚未完全平息。

宋理獻半瞇著眼斥責：「你，那是病啊。」

「我知道，我也知道我有精神疾病。」這自嘲和自責的語氣中，暗藏著對他人的諷刺與挑釁。

崔世暻以為自己掩飾得很好，這話是在早上和崔明賢爭吵後埋下的尖銳情緒所滋養出來的。

崔世暻一說出口就後悔了，但說出的話無法收回，如果宋理獻生氣，他至少可以道歉，但對方卻沒有任何責備的意思。

這尷尬的沉默，被遊樂園的喧鬧聲掩蓋，崔世暻再也無法忍受，像是逃避般地遮住了眼睛。

「……對不起，我不該亂發脾氣。」

和父親吵架後，把怒氣發洩在無辜的宋理獻身上，崔世暻知道宋理獻的靈魂是長輩後，曾下定決心至少不要表現得像個小屁孩，但是當情緒失控時，他卻無法面對宋理獻。

然而，當宋理獻凝視著崔世暻因別過頭而露出的耳後時，卻以不同的方式感受到了崔世暻的任性。

——真的太可愛了。

——這樣的任性我隨時都能接受。

因為他無意間發脾氣後立刻後悔，手足無措的樣子實在太可愛了，可愛到讓人忘了他在耍脾氣，越是看到崔世暻那純真而迫切，但有時又殘忍暴力的內心，宋理獻就越是無法抗拒，像被極性相反的磁鐵吸引。

同時，每當想到自己的處境時，宋理獻就會試探性地勸阻崔世暻。

「喂，你跟我交往，可能會很吃虧喔。」

「……我知道，所以你得抓緊我啊，大叔。」

「你這傢伙。」

宋理獻輕輕踢了踢地板，但腳尖巧妙地避開了崔世暻的腳。

這似踩非踩的動作更像是開玩笑而不是責備，隨著腳下的動作逐漸加快，兩人開始露出微笑，尷尬的沉默也隨之消失。

當他們嬉笑著一前一後地奔跑，完全忘記年齡時，宋理獻發現了小吃攤，便拉著崔世暻走了過去。

崔世暻原本蒼白的臉頰不知不覺間變得紅潤。

「你有帶錢嗎？」

「你現在連我的錢都要坑了嗎？」

「我把錢包和手機一起寄放了，等一下還你。」

崔世暻拍了拍羽絨外套的口袋，避開了想要搶奪錢包的手，從口袋裡掏出了錢包，吉拿棒、棉花糖、珍珠冰淇淋……宋理巘讓崔世暻買了比市價還昂貴的各種甜點，兩人拿了一大堆食物回到了遊客服務中心。

此時，帶來的孩子似乎找到了父母，正與看起來像是母親的女人抱在一起痛哭。不忍打擾這感人的重逢場面，宋理巘將買來給孩子的零食交給了遊客服務中心的工作人員，崔世暻則透過玻璃窗默默地看著，低聲自語：「真溫馨呢。」

送完零食回來的宋理巘，聽到崔世暻說的話，覺得好笑，忍不住哼了一聲。

「怎麼也比不上你爸啊。」

當提到那位，想到早上出門連再見都沒對他說，崔世暻皺起眉頭，像是聽到了不該聽的話般反問：「我爸？」

「對，我說的就是你爸。」

相較之下，宋理巘對崔明賢持有正面評價，暑假期間，宋理巘為了手下提出交易時，對崔明賢仍然心存疑慮。

崔明賢檢察官因為打擊黑幫而聞名，信念相當堅定，七星派也是黑幫，他沒有理由只對他們網開一面。

雖然用崔世暻的五分鐘作為交易，但對崔明賢來說，即使違約也沒什麼損失。如果用崔明賢所堅持的信念來衡量，五分鐘不算什麼，不過，他還是遵守了約定，只逮捕了周圍的組織，沒有動七星派。

只為了和崔世暻的那五分鐘。

這個男人因為害怕和兒子的關係惡化，只為了那短短五分鐘就放棄了自己的信念，除了「父親」這個稱呼之外，已無其他頭銜可用。

「他大概是怕我在外面丟人現眼，才會想抓我回去吧。」

就像所有關係緊張的親子一樣，崔世暻不信任父母的愛。這時，宋理獻再次深刻感受到崔世暻只有十九歲的這個事實，儘管崔世暻比同齡人成熟，但在家庭問題這種主觀層面上仍無法保持客觀。

從某個角度來看，這是理所當然的。社會生活可以模仿他人，反應模式也有一定的規範，但父子關係卻是私密的，若非親身經歷，難免會顯得不成熟，正如崔世暻所表現的那樣，於是宋理獻試探性地問了一下。

「你跟你爸吵架了？」

「去吃午餐吧。」

——果然是吵架了。

崔世暻難得這麼情緒化，反而顯得更加可愛，雖然崔世暻別過臉看向別處，但他的耳根紅得發燙。

兩人前往美食廣場吃午餐。

美食廣場的中央擺放著公共桌椅，牆壁周圍有各式各樣的小吃店。一進入室內，烹煮時散發的蒸氣與熱氣混合成濕潤的空氣，撲向了他們凍得發紅的臉頰上。

附近高中的考生似乎全都湧到這裡吃飯了，萬頭攢動的餐廳擠滿了人，吵得連宋理巘也覺得頭暈。

宋理巘轉身問：「你還好嗎？」

「你指什麼？」

崔世暻臉上帶著堪稱完美的善良微笑，似乎不懂對方在說什麼，而這就是崔世暻發完脾氣後的樣子。

「你今天氣色看起來不大好，放鬆點吧。」

「嗯，我確實有想縱火的念頭。」

「……」

宋理巘在可以外帶的食物中選了排隊最短的店家，結帳時刷了崔世暻的卡。

他們買了盒裝的熱狗套餐和汽水後走了出去，尋找一個沒人的地方，最後在一棟舉辦不知名展覽的建築物後方的長椅上坐下，開始享用簡單的午餐。

口味似乎也會隨著身體而改變，宋理巘在沾滿馬鈴薯粉並滾過糖的熱狗上淋上大量的番茄醬，然後咬了一口。

宋理巘嘴裡忙著咀嚼食物，看似不在意，但他還是警告了那隻從腰後環抱撫摸自己臀部的手：「小心你的手，可能會在不知不覺中被砍斷。」

崔世暻傻笑著靠了過來，那龐大的身軀擠了過來，用身體磨蹭靠近，宋理巘知道對方懷著什麼樣的情感，但他沒有阻止。都到了這個地步了，現在要阻止也太遲了，宋理巘自己也曾在學測前為了平息不安而緊緊抱住崔世暻，他無法否認彼此的體溫所帶來的安定感。

他任由崔世暻盡情地磨蹭。

正當宋理巘的嘴裡塞滿了熱狗，兩頰鼓起時，崔世暻冷不防地對他說：「要不要一起私奔？」

「之前去過的江陵也可以，或是某個山村或漁村也行……到一個沒人能找到的地方，安靜地生活。」

在鋪著黃色地板的破舊民宿裡，有花紋的簡約衣櫥、嗡嗡作響的藍色扇葉風扇……眼前的宋理巘看起來像很凶悍的少年，雖然外表比崔世暻更顯稚嫩，但不知為何能讓人聯想到那些老舊的事物。

「我們得自己做飯，白天工作，晚上散步……」

崔世暻以為會被訓斥別胡說八道，所以隨口亂說，沒想到宋理巘居然附和，讓他驚訝得張大了嘴。

「好。」宋理巘一邊說一邊從竹籤上取下香腸吃著，然後接著說道：「我們私奔吧，我要是看到你跟別的男人一起生活，我會瘋掉的。」

長椅附近只剩光禿禿的灌木在風中搖晃，初入冬季，乾枯的樹枝和扭曲的樹葉隨風搖曳，崔世暻帽子上的絨毛也跟著搖擺，讓他那茫然的臉龐顯得更加突出。

「……喔？」

崔世暻睜大了眼睛，不知道是被有些粗魯的措辭嚇到，還是因為總是被拒絕的告白，在沒有任何期待的情況下被接受了。

「你就只管在家操持家務，生活費我來賺。」

雖然先提出要私奔的人是崔世暻，但當宋理獻附和時，他卻一副就算是開玩笑也不敢相信的樣子。

「你說要和我私奔？……為什麼？」

宋理獻在翻找盒子裡剩下的熱狗時也顯得有些尷尬，從他挑選熱狗時那木訥的側臉，可以看出他雖然害羞得臉紅，卻仍然堅持己見。

注意到崔世暻失神地盯著自己，宋理獻尷尬地放下熱狗，轉而拿起了汽水。

「做了那麼多徒勞無功的事也夠了。」

大口吸著冰塊碰撞的汽水，喉結劇烈地滾動，吸得臉頰都凹了進去，刺激的汽水順著食道流入胃裡的感覺，就像最近經歷的情感變化一樣赤裸又直接。

否認、放手讓他找更好的人幸福地生活、獨自患得患失、無理取鬧地搞砸了校慶後逃跑，按宋理獻的標準來看，他已經做了所有能做的事。

「都做到這程度了，不行的話就是不行啊。」

打過、揍過、恐嚇過、逃避過……能做的都做了，但現在回想起來，還是和崔世暻接吻了無數次。

擁抱、親嘴、接吻。

就連學測考試的前一天晚上，因為不安而輾轉反側，最後不也是抱著崔世暻後才感到安心嗎？

崔世暻存在於理智和本能相互衝突的地方，雖然宋理獻不是讀書的料，但也不至於蠢到否認明擺著的事實。

崔世暻是特別的，是時候承認這個事實了。

只是金得八難免感到心情複雜，如果真正的宋理獻靈魂回來，他就必須離開，而他始終擔心留下的崔世暻會受到傷害。

雖然冷掉的熱狗這個選擇不大令人滿意，但因為想給他點什麼，只好把剩下最大的熱狗塞到崔世暻的手裡，當將木棒塞進被寒風吹得凍僵的手中，比宋理獻的手還要大的拳頭在掌心下漸漸暖和起來。

「吃吧，要私奔也得填飽肚子才行。」

「……嗯。」

崔世暻這時才展露笑顏，那是個帶著淺淺酒窩的害羞笑容。

當感受到自己成為他人執著對象的喜悅時，宋理獻確信無論是那傢伙還是自己都不大正常。

擋住陽光的雲被風吹散，陽光灑了下來。

崔世暻仰頭迎向陽光，冷冽的冬風掠過鼻尖，他雙手握著熱狗，閉上眼睛享受陽光，那模樣像趴在圍牆上瞇著眼睛曬太陽的貓咪。

「真好。」

儘管說要私奔，但兩人不可能真的跑到鄉下放棄讀大學，而崔明賢也會繼續施壓，至於宋理獻說要私奔的話究竟是真心話，還是為了安慰崔世暻，就不得而知了。

「真的太好了。」

什麼都沒變，然而，崔世暻臉上的笑容卻未曾消失。

除了「喜歡」這句話，沒有其他方式能解釋這一刻，希望和宋理獻能以同樣的心情分享這一切。

第五章

無論到何時、無論會變成怎樣，我們交往看看吧

宋理巘向崔世暻借了手機，偷偷叫金妍智來，取回了手機和錢包。

「怎麼了？跟我們一起玩吧。」

金妍智不懂宋理巘為何要分開玩，轉頭想說服崔世暻時，卻疑惑地歪著頭，宋理巘也看到崔世暻搭別人的肩膀，但並未覺得有何異常。

宋理巘雖然還算機靈，但他沒能察覺到那種只有在女生之間才會感受到的類似優越感的微笑。

「好吧。那你們兩個玩得開心點。」

金妍智送走兩人後，回到朋友們等待的地方，不過，她仍然懷疑崔世暻是否以「長得沒我漂亮」這樣的微笑輕視自己，金妍智一直鼓著臉，感到疑惑，最後她斷定這只是錯覺。

崔世暻是男生，沒理由跟她比外貌，而且……說實話，崔世暻也確實更漂亮。

「……難道？」

金妍智想要消除這種不舒服的感覺，故意出聲否認：「哎，不會吧，他不是說接吻了。」

校慶時宋理巘說的接吻對象不可能是崔世暻，但當金妍智想到宋理巘從未說過親吻的對象是女生，加上崔世暻那奇怪的敵意，她加快了腳步，試著不理會這個事實。

在遠處，可以看到朋友們在一棵巨大的老樹模型底下拍照。

崔世暻沒有特別喜歡或討厭什麼，還能面不改色地乘坐垂直俯衝的雲霄飛車，是個絕佳的遊樂園夥伴。宋理巘想玩什麼他就陪玩什麼，連鬼屋的提議也欣然接受，毫不猶豫地踏進了那漆黑的入口。

鬼屋的入口被裝飾成一個眼睛閃著紅光的巨大死神的嘴巴，獨特的入口讓宋理巘顯得有些緊張，但也很興奮，這漆黑的入口讓他想起六月模擬考後去過的密室逃脫咖啡廳。

「這和密室逃脫一樣嗎？」

崔世暻心想反正都是避開障礙物找到出口，於是點頭回應了宋理巘的問題：「有點像。」

當他正要詳細解釋時，鬼屋的工作人員過來發了手電筒。

「相信我，跟著我走。」

宋理巘上前接過手電筒，露出虎牙笑得燦爛，看起來十分可靠，曾經玩過密室逃脫讓他自信滿滿地挺起胸膛，充滿戰意。

崔世暻去過幾次鬼屋，所以顯得興致缺缺，第一次去的時候也覺得無趣，封閉的空間通風不佳，嘴裡都是灰塵，還有刺耳的回音，但都還能忍受。

「啊啊啊！」

其他隊伍的尖叫聲在狹窄的通道裡震動傳遞。

「嗚哇啊啊！」

宋理巘從後面抱住崔世暻的腰，在耳邊放聲尖叫時，雖然感覺耳膜快要被震破，但崔世暻還是忍住了。

「呃啊！」

然而，崔世暻忍受不了宋理獻那種像是要把腹部擠爆的力量，忍不住輕聲呻吟：

「嗯……」

宋理獻嚇得臉色發白，警惕地盯著閃著紅燈的通道，根本沒注意到自己緊勒著崔世暻的腹部。

「理獻啊，那不是真的鬼，是工讀生，所以你的手能不能……」

「媽的，喂，真的有鬼啊……」

親身經歷過靈魂交換的見證人都這麼說了，崔世暻無話可說。但身為靈魂交換的當事人，難道不該把鬼當作同類嗎？崔世暻心生疑問，卻明智地沒有說出來。

不過，這也有好處，宋理獻像小動物一樣緊貼在自己背後，從肩膀上探頭觀望，這是平時絕對看不到的景象。

「呼，呼——」

宋理獻深吐幾口氣，警惕著隨時可能跳出來的鬼。

他對在這種刻意營造恐怖氛圍的空間裡，突然跳出來嚇人的襲擊，完全沒有免疫力，還不如割開皮肉來得更容易忍受。他這個來自木浦的鄉下小子，經歷過最大的怪談是廁所鬼遞來的紅色和藍色衛生紙，遇過最恐怖的事是十幾歲在工廠打工時，捲款潛逃的老闆。

剛進入時以為什麼都沒有的空間突然跳出殭屍，嚇了他一跳，心臟怦怦跳個不停，久久無法平復。

不知道鬼屋是什麼就貿然進入，從一開始就被嚇到崩潰的宋理獻，精神恍惚地緊貼在崔世暻身後，手中的手電筒早已不知去向。

「呃啊啊啊！」

天花板上突然有東西砰地一聲掉了下來，在充滿恐怖氛圍的密閉空間裡，那團塊狀物的效果被放大到極致，劇烈搖晃的反彈力讓宋理巘幾乎要口吐白沫。

崔世暻不認為被繩子綁住掉下來的斷腳模型值得尖叫，反而是身後宋理巘的尖叫聲讓他的眼神動搖。

瘦弱的肌肉拚命揮舞，力道十分驚人。

「……理巘啊，你乾脆閉上眼睛吧。」

「什麼？」

崔世暻因腹部被勒得太緊，感到噁心想吐，拍了拍宋理巘的手臂安慰道：「你就閉上眼睛，抱著我的腰跟我走，我會帶你到出口。」

「喂，我怎麼能相信你！」極度的恐懼衍生出的不信任變成了執著。

宋理巘拚命地纏著崔世暻，怕對方丟下自己獨自離開，當他勒得越緊，崔世暻的臉色就難看。

「你要是丟下我走掉，啊啊——」

天花板上的紅燈忽明忽暗，黑暗一度奪走了視線，當紅光照亮長長的通道時，一個滿身是血穿著白衣的女鬼一步步逼近，紅燈持續閃爍擾亂視線，每眨一下眼，與女鬼的距離就更近了。

女鬼的裝扮相當逼真，怪異扭曲的頭部和變形皮膚的特殊化妝在紅光的照射之下，形成了凹凸不平的陰影，顯得格外詭異，像關節錯位般扭曲靠近的動作，刺激了日常景象錯亂時產生的恐懼感。

但是，崔世暻是那種看到滾燙的油就會想把人的臉按進去的人，和他的殘忍扭曲的想像相比，女鬼的化妝顯得過於溫和，在崔世暻的眼裡，白衣女鬼的特殊妝容相當平淡無奇。

與此同時，宋理巚把臉埋在崔世暻的背上，不想看到女鬼，他一邊尖叫發抖，一邊緊握拳頭，很快像是下了很大決心般地吞了吞口水，感受到他那股決心的崔世暻，不禁揚起了一邊的眉毛。

「喂，崔、崔世暻，你退到後面。」

「你在說什麼？」

這種時候，理應由不害怕的崔世暻走在前面，然而，宋理巚保護弱小的本能戰勝了恐懼。

宋理巚感到那個扭曲關節的女鬼帶來的危險，他握緊拳頭，準備它要是再靠近，就用暴力驅趕。

相比於像蟬一樣緊貼著小孩的羞恥感，他更強烈地感受到保護小孩的正義感，這裡的小孩自然指的是崔世暻。

「……嚇！」

當與突然抬頭的女鬼四目相對時，雖然雙腿忍不住發抖，但宋理巚並非虛張聲勢，他鬆開了抱在崔世暻腰間的手臂。

「呼，快退到後面。」

「你在說什麼呀？你跟著我。」

「我怎麼能讓你走在前面！」

崔世暻不肯乖乖退後，宋理巘忍不住大聲喝斥，崔世暻挑起的眉毛在眉間歪斜地畫出一道痕跡。

「哇，人的本性還真的是不會變啊。」

看到宋理巘怕到快要斷氣，卻還是想要保護自己，崔世暻再次印證了自己早已知道的事實。

崔世暻知道宋理巘有著近乎多管閒事的正義感，事實上，在日常生活中，他確實有那樣的能力和魄力，總是無所畏懼，但可惜的是，在鬼屋裡並非如此。崔世暻抓住宋理巘努力忍住恐懼的手臂，讓它環繞自己的腰，然後將手臂往後彎曲，再用羽絨外套的帽子蓋住他的後腦杓。

「……喂！」

「請您安分地跟我走。」崔世暻不理會反抗，抓住宋理巘環繞自己腰間的手臂開始前進。

宋理巘雖然撇著臀部不肯動，但還是被力量拉了過來，直到那時他還堅持要走在前面，但當天花板上的蓋子打開，有東西掉下來的聲音傳來時，他立刻僵住了。即使把頭埋在崔世暻羽絨外套的帽子裡，敏銳的感官仍捕捉到了劃破空氣的沉重感。

崔世暻面無表情地在自己的視線高度上與上下彈跳的假人頭對視，然後拉著宋理巘前進。

「先踩右腳，接著踩左腳。」

伴隨著口令，原本踩著崔世暻運動鞋後跟的宋理巘，逐漸跟上了步伐，兩人配合得相當不錯，看起來像是在行軍。

「呃！」

當後方傳來其他隊伍的慘叫聲時，環抱著崔世暻腰部的手臂緊張了起來，所以崔世暻安靜地通過恐怖區域對其他人是有效果的。

「天花板掉下了一個假人頭，做工很粗糙。」崔世暻為了不讓宋理巘受到驚嚇，小心翼翼地解釋，熟練地擔任引路人角色。

陰森的風聲或笑聲因為是人為的，所以並不可怕，但那來源不明的震動聲卻讓人心跳加速，感到一陣寒意。

「聽起來像是抽風口的聲音，不過看起來都是灰塵，應該是不能正常運作了，那個不會違反消防法規嗎？」

鬼屋裡工作人員本想用特殊化妝嚇人，但看到崔世暻不合時宜的燦爛笑容，只好放他們通過，能夠大方地擁抱平時絕不會主動抱人的宋理巘，讓崔世暻興奮不已，臉上滿是喜悅。

無聊地走著，崔世暻忽然冒出了惡作劇的念頭，他清了清嗓子，發出一連串陰森的低音，然後唱起了恐怖電影裡小孩出場時常用的童謠：「媽媽到小島蔭涼處採牡蠣……」

那無謂的優美低音讓人聯想到恐怖電影的開場，宋理獻厭惡地踢了他一腳，「別鬧了，再唱你就死定了。」

宋理獻用膝蓋踢了一下崔世暻的大腿，從額頭靠著的背部感受到對方身體的震動。崔世暻忍住笑，輕輕拉了拉宋理獻的手臂，看來他沒那麼害怕了，原本勒得內臟快要爆裂的手臂現在能輕易拉開。

「我今天本來不想來，但還好來了。」

「為什麼不來？」埋在羽絨外套裡的嘴嘟囔著。

「跟爸爸吵架了。」

暑假結束後，每當提到崔明賢，宋理獻總是隱隱約約地站在父親那邊，崔世暻怕宋理獻又替父親辯護，便搶先說話。

「真好，能和你在一起。」

「這副模樣有什麼好的？」

「和喜歡的人在一起就很好啊。」

——曾經喜歡過的這份感情也不會沒有價值的啊。

宋理獻的腦海裡突然浮現了金妍智在校慶上說過的話，他感覺頭腦變得清晰，徹底理解了崔世暻告白的意義。

宋理獻擔心崔世暻未來會受到傷害，但崔世暻重視的是當下與他在一起的時光。

宋理獻害怕傷害對方，而崔世暻則不怕受傷。

一直以來，宋理獻把崔世暻的「我喜歡你」這句告白視為一種「責任」。

就像他曾經保護從天橋上跳下來的宋理巘的性命一樣，如同他在街頭收留手下負責他們的衣食住行一樣，他誤以為如果接受崔世暻的告白，就必須將崔世暻置於自己的保護之下。

然而，崔世暻並非需要保護的對象。就像現在擁抱他這樣，就像學測前一天擁抱他那樣，他是個可以依靠的人，是個即使受傷也能自己克服的人。

「呃！」

附近傳來了其他人的尖叫聲，但宋理巘並沒有被嚇到，因為那些蹩腳的女鬼裝扮和粗糙的陷阱，與他所得到的領悟相比實在顯得微不足道，所以宋理巘能夠鬆開纏在腰間的手臂退後一步。

抬起下巴時視線掃過肩膀和向下逐漸收窄的腰線，雖然經常看到，甚至摸過，但卻像初次見到般新奇。

宋理巘這時才終於明白，他抱著的這個背比自己的背更寬闊。

走出鬼屋後，宋理巘癱軟了，出口附近擺放著長椅，看來像宋理巘這樣腿軟的人不在少數，宋理巘像融化的麥芽糖般半坐在長椅邊緣，抹去了額頭上冒出的冷汗。

反觀，安然無恙的崔世暻則確認了手機，並轉達了鄭恩彩在班級群組裡宣布的內容：「班導要我們五點前在遊樂園入口集合，現在得走了。」

「崔世暻。」

「嗯？」

「這件事我們得先說清楚。」

雖然已經筋疲力盡，但語氣卻不尋常，崔世暻關掉了手機螢幕。

「宋理巘回來我就走。」

如果是不了解的人聽到宋理巘這張臉說出「宋理巘回來我就走」這種話，肯定會建議他去精神病院並疏遠他，但崔世暻不會，這種會讓別人疏遠的發言，對崔世暻來說反而拉近了距離。

背對著短暫的冬日夕陽，崔世暻感受到的苦澀也不亞於宋理巘。

「我不能抓住你，我不能奪走真正的宋理巘的位置。」

崔世暻是唯一尋找真正宋理巘的人，一年前的這個時候，宋理巘頂著看似會被大雨打垮的身軀逃走後，崔世暻就一直飽受罪惡感的折磨，而這份罪惡感至今仍在。

即使想和心愛的人在一起，崔世暻也無法阻止真正的宋理巘回來，他不能再讓那可憐的孩子繼續不幸下去了。

「你走了之後，我會照顧真正的宋理巘。」

那是能區分兩個靈魂的崔世暻所能做到的最好的事情，在即將離開的宋理巘和將要回來的宋理巘之間，崔世暻必須保持平衡，他必須幫助日後回來的宋理巘適應，同時不能在宋理巘身上尋找所愛之人的痕跡。

敏感又聰明的崔世暻剛領悟到愛情，便立刻明白了這個事實。

「……」

一直靜靜凝視著的宋理巘伸出了手。

崔世暻看到這個示意幫忙扶起的手勢，正準備要握住時，宋理巘卻抽回了手，崔世暻疑惑地露出不解的表情，宋理獻將手掌在校服褲子上擦了擦，再次伸出了手。

崔世暻扶起宋理獻後準備放開手，但宋理獻並沒有鬆開，他反而環顧四周確認是否有穿相同校服的學生，然後十指緊扣握住了崔世暻的手。

「不喜歡嗎？」

這種歪著頭問話的樣子，像極討債流氓會說的臺詞，崔世暻感覺到十指緊扣的手掌變得濕潤，崔世暻本身不大會出汗，所以是對方的汗。

「不是，我只是在想今天是什麼特別的日子。」

崔世暻自言自語地說是搞笑隱藏攝影機嗎？

宋理獻用力握了握他們十指緊扣的手，想引起崔世暻的注意，他的眼神充滿決心，目光如火般灼熱。

「交往吧。」

「哦？」

「我說我們交往吧。」

和之前半開玩笑說一起私奔不同，這次毫不含糊，所以崔世暻反而更加困惑，不知道這是否是真心的。

「無論到何時、無論會變成怎樣，就交往看看吧。」

現在宋理獻毫無顧忌地猛烈衝了過去，心想這算什麼，搞得好像是準備赴死般地悲壯……

「好，我們交往吧。」

最後，崔世暻也像個被愛情沖昏頭的傻瓜一樣變得悲壯起來，就像隨後那害羞的微笑彼此傳染了一樣。

⚘ ⚘ ⚘

宋理巚和崔世暻居住的地區是富人區，雖然讓人難以相信在寸土寸金的首爾市中心怎麼會有別墅區，但這裡仍保持著安靜宜人的居住環境，巷子裡的監視器不間斷地運作，嚴密的保全讓迷路的外來人都會自覺地離開。

穿過象徵財富分界的小巷，就能看到最近興起的熱門咖啡街。

由散發著社交網路氛圍的個人咖啡館組成的街道，為了迎接即將到來的聖誕節重新裝潢。在閃爍的燈泡和聖誕樹裝飾點綴的咖啡館裡，宋理巚和崔世暻找到了營業時間最晚的咖啡館度過時光。

坐在視線被擋住的咖啡館角落的崔世暻，對正在裝傻充愣的宋理巚施壓逼問：「你真的不打算說嗎？」

宋理巚沒來由地用吸管攪動沉澱在杯底的穀物粉。

「這家的穀物飲很好喝，你也喝喝看。」宋理巚把注意力放在米漿上。

在托著下巴的崔世暻眼中，他就像一隻不滿的貓用尾巴拍打著地板。

他們從早上開始見面一起玩，但到了下午，宋理巚就會消失，大約三小時後，到了吃晚飯的時間，他又會慢悠悠地出現，提議吃飯，身上散發著洗髮精的味道，皮膚乾淨透亮，像剛洗完澡。

「因為太丟臉才不說的，如果合格了，我第一時間告訴你。」

崔世暻透露了自己申請了國內知名大學的經營學系，但宋理獻卻連申請了哪所大學都不肯說，崔世暻因為這種資訊的不對等而想開口追問，卻忍著咬住了蠢蠢欲動的嘴唇。

「你的表情怎麼這樣？」

「哥，我的表情怎麼了嗎？」只在不滿意時才會用敬語的崔世暻，露出了燦爛如陽的笑容。

如果是過於刻意的做作笑容，只會覺得討厭，本可直接無視，但問題是那笑容看起來很漂亮。

宋理獻隨意朝崔世暻抬了抬下巴示意說：「你嘴上沾到東西了。」

「這裡嗎？」崔世暻摸了摸嘴角。

但無論崔世暻怎麼摸，宋理獻的眼神總是指向其他地方，見崔世暻一直摸錯地方，宋理獻無奈地拍了拍旁邊的座位。

「過來這裡，我幫你擦。」

然而，當崔世暻坐過來時，被抓住的不是嘴巴而是下巴，沒有使力的下顎被壓住，宋理獻趁隙用舌頭進入崔世暻的口中輕輕掃過後就退了出來。

「你真可愛。」

其實崔世暻的嘴上根本沒有沾到東西。

兩人的嘴唇分開後，崔世暻嘴角微微上揚。

⁂

今年冬天特別溫暖，未能凝結成冰的水氣變成雨水落下。宋理巚望著走廊的窗戶，心想看來今年的白色聖誕又要泡湯了。

時間接近午夜，窗外一片漆黑，雨滴沿著窗外的玻璃劃出長長的軌跡，宋理巚的身影倒映其中。

窗外一片漆黑，走廊卻很明亮，少年的身影倒映在籠罩著黑暗的窗戶中，窗中的少年比站在走廊的宋理巚更加蒼白，在黑暗中顯得格外突兀，如同在暴風雨中孤立的燈塔。

連綿不斷的雨滴扭曲了少年的嘴角。

宋理巚收緊下巴，凝視著窗戶中映出的自己的模樣。

「理巚啊？」

「嗯，我在聽。」

聽到話筒那端崔世暻的叫喚，宋理巚才轉過頭，繼續朝房間走去，他很快就忘了為什麼要凝視窗戶中的自己。

「聽說明天一整天也都會下雨。」

「看來得待在室內了，你有什麼想做的嗎？」

根據決定交往後形成的短暫習慣，現在本該是在一起的時間，因為住在同一個社區，常常以送對方回家為由繞著街區打轉，但今天因為暴雨，兩人約好明天見面後就早早分開，各自回家了。

明明計劃明天也要約會一整天，不知道為什麼還有那麼多話要說，連洗完澡回房間的那點時間都忍不住要打電話。

關上房門後，宋理巘聳起肩膀把手機夾在耳邊，換上當睡衣穿的舒適衣服，他搖搖晃晃地換上運動褲，拉開衣領剛把頭鑽出來，就急忙將滑落的手機貼回耳邊，這期間，崔世暻一直在說話。

「總之，餵崔世暻吃飯還真難。」

「理巘啊，別再執著於內臟的世界了。」

當崔世暻提議去吃牛腸以外的食物時，宋理巘提出異議，於是崔世暻溫柔地建議他擴展一下美食的世界。宋理巘暗自下定決心，有朝一日一定要帶崔世暻去一家超級棒的牛腸店。

經過一番無勝負的爭論後，決定明天午餐吃崔世暻想吃的義大利麵，接著討論要玩些什麼。

「你會打撞球嗎？」

「撞球？不會，沒打過。」

「那我們去打撞球吧，我教你。」

「你拿著球杆一定很性感。」

「又在胡說了。」

聽到低沉的笑聲，宋理獻被逗笑了，他關燈鑽進被窩裡，約定好明天見面的地點和時間後，他們開始聊些無關緊要的話題，聲音中透露出睡意，宋理獻的語速明顯變慢，靜靜聽著的崔世暻故意問了一個需要詳細回答的問題。

宋理獻一邊和睡意搏鬥，一邊勉強回應著崔世暻那輕聲的提問。

最後，他終於察覺到崔世暻在惡作劇，於是氣憤地反駁道：「好玩嗎？」

從話筒那頭傳來的低沉笑聲就像身體接觸時的溫暖震動一樣，讓宋理獻無法生氣，只能跟著崔世暻咯咯笑著鑽進被窩，重新調整手機，讓它完全貼近耳朵。

「晚安。」

「你也是。」

雖然沒有那種讓人臉紅的「你先掛」的爭執，但發燙的手機和因體溫變暖和的被窩都證明了他們彼此投入了多少時間。

「哈啊。」宋理獻打了個長長的哈欠，他因為疲倦眼皮浮腫，視線模糊。

可能因為和崔世暻約會到處跑，加上補習班的高強度訓練，宋理獻最近只要一碰到枕頭就會睡著，輾轉反側幾次後，房間裡很快就傳來輕微的鼾聲。

路燈微弱的光線驅散了黑暗，窗戶上的雨滴在深陷枕頭的側臉上投下了陰影。

嘩啦——雨柱打在地上，化為白色水花的聲音震得耳膜發麻，外面的世界彷彿被水淹沒，雨水在逆流的下水道上氾濫，挾帶暴雨而來的風如利爪般呼嘯盤旋，發出刺耳的聲音。

然而，已經入睡的宋理巘房間卻寂靜無聲，彷彿與世間所有喧囂都隔絕了。那張書桌從考完學測之後就沒有用過，椅子現在只拿來扔書包用，此刻正轉向床的方向，而且有人坐在那裡。

穿著白色睡衣，頭髮散落遮住臉的宋理巘雙腿並攏，端正地坐在椅子上，和平時總是隨便半坐在椅子邊緣的肉體不同，靈魂的舉止格外謹慎小心。

室內安靜得只剩下風撞擊窗框的聲音，沉重地回響著。

宋理巘的靈魂什麼也沒做，無論是昨天、前天，還是近一年來的時間裡，他都只是靜靜地看著自己沉睡的身體。

靈魂不知道肉體何時會認出自己，於是默默地等待那一天，等待著該離開的離開，該留下的留下，而那一天可能是今天，也可能是明天，甚至可能是十年之後。

靈魂也在等待，正如沉睡肉體裡的靈魂，不自覺地為那一刻做準備，想要多與崔世暻相處，哪怕只有一天。

靈魂就在伸手就能觸及自己肉體的距離等待。

然後，就只是時候到了而已，沉睡的身體甦醒並認出了靈魂，除此之外沒有其他原因。

「哦……」

剛從睡夢中醒來，眼睛在夢境與現實的朦朧邊界徘徊，看到了如幻影般的靈魂。身體慢慢地閉上眼睛又睜開，原本渾濁的目光閃過異彩，逐漸湧現震驚。

「你……」

當甦醒的身體認出了靈魂的存在時，靈魂輕輕地笑了，這是那個總是顧慮周圍目光而從未放聲大笑的孩子所露出的最燦爛的笑容。

從天橋上跌落那天，在卡車車頭燈的光芒中懇求的褐色眼眸，如今已不再哭泣。

「啊，哦……」

身體微微動了動嘴唇，金得八有許多問題想問，卻什麼也想不起來。

從未交談過的兩人其實是初次見面，他們對彼此一無所知。

金得八只能從宋理巘留下的線索來推測他的生活；而宋理巘則根據金得八的行為和他的手下來猜測他的信念。

「……」

躺在床上的身體坐了起來，和外貌相同的靈魂對視著，彼此對視的場景既尷尬又熟悉，既親切又讓人莫名哽咽。

宋理巘的靈魂微微張開那單薄的嘴唇：「謝謝。」

看來不需特別解釋，他似乎已經知道了這段時間所有發生過的事。

「你，都知道了嗎？」

靈魂點了點頭，擔心對方會不高興，揉搓著交疊的手指，低頭看著地板，然後又偷偷抬眼觀察對方的反應。

宋理巘的靈魂從他自天橋墜落發生交通事故的那一刻起，就一直在身體的附近。他們共用病房，一起上學，靈魂看著身體專心學習的背景，在沒有什麼美好回憶的教室裡，看到自己的身體成為班上同學們的焦點，這景象陌生又難以置信，卻又讓人無法轉移目光。

學期第一天痛揍洪在民那群人，痛快地教訓李美京，甚至連總是發火的會長也被自己訓斥，這些模樣就像是漫畫和電影一樣。軟弱的自己獲得特殊能力成為超人復仇，這只不過是他長期以來的幻想，難以相信自己平凡的身體能做出這些事。

洪在民兩次向自己的身體道歉時，宋理巚的靈魂躲在身體後面猛烈地搖頭，他不想接受洪在民的道歉。那種拉長尾音的「對不起呀」他以前也聽過，通常是在被搶了錢或是被打到需要去急診室之後，那種只是假借道歉之名，沒半點歉意的道歉比嘲笑更讓人感到羞辱。

宋理巚的靈魂只離開身體一次，那就是去看洪在民的審判，看到曾經欺負過自己的洪在民一夥人被判處實刑，心情很複雜，不討厭，但也不痛快。

為什麼現在才受到懲罰的委屈，讓他難以高興起來。

之後，坐在護送車上的洪在民發現了宋理巚的靈魂，在長出黑色髮根，整個人憔悴不堪時，洪在民終於找到了應該道歉的對象，平靜接受實刑宣判的洪在民，此刻悲痛欲絕地懇求原諒。

靈魂點了點頭，但這與其說是原諒……倒不如說是他看出了洪在民將一生背負著罪惡感生活。

最感謝的果然還是李美京。

祕書真的很可怕……一大早來訪的李美京，讓靈魂躲在沙發後面瑟瑟發抖，當他看到李美京氣得臉紅脖子粗地離去時，驚訝得目瞪口呆，因為太過震驚，來不及為自己的身體給了李美京一個教訓而感到高興。

當李美京派來的歹徒企圖綁架母親時，雖然差點嚇昏，靈魂還是抓住歹徒的腰，用盡全力幫忙，儘管沒有起到任何作用，但對宋理獻的靈魂來說，這已經是鼓起了極大的勇氣。

身體將視自己如螻蟻的李美京從母親身邊拉開，並揭發了她所犯下的惡行。

當靈魂偷聽到自己的身體計劃要將李美京關進原本要囚禁母親的醫院時，不禁鬆了一口氣。

因為害怕前往江原道深山，而未能親眼見到李美京被送進精神病院，但身體在廁所用刀劃傷會長耳朵時，靈魂在現場。

從前會長只要一聲令下就會連呼吸都覺得困難，但同樣是這具身體，自己的身體竟然能把如虎般的會長關進了廁所隔間。

——隔間裡到底發生了什麼呢？

靈魂雖然好奇，卻因為太害怕而不敢進入隔間，他被會長耳朵冒出的鮮血嚇到蹲在洗手臺旁等待，即使摀住耳朵也能聽到會長的慘叫，但某一刻，聲音消失了，隔間門開了。

好奇發生了什麼事的靈魂，在身體洗手的同時，小心翼翼地探頭看了看隔間。

靈魂像剛出生的長頸鹿一樣搖晃著脖子，猶豫著要不要往裡看，這時隔間內突然伸出西裝褲腿，讓他嚇了一大跳，其實只是腿軟的會長倒了下來，驚慌的靈魂急忙追著自己的身體跑了出去。

無論是校慶，還是學測，或是遊樂園。

宋理巘的靈魂都在一步之遙的地方目睹了一切。

「你，為什麼就這樣靜靜地看著……」身體結結巴巴地說，好像無法理解。

靈魂見對方並沒有因為被偷偷跟蹤而感到不快或憤怒，鬆了一口氣，停止了輕咬嘴唇的動作，因為性格怕生，和他人相處時總會不自在地咬指甲，靈魂雖然知道身體裡有他人的靈魂，卻沒有表現出疏離的樣子。

多虧了過去一年來他跟隨著身體，才第一次體會到什麼是幸福。

除了復仇讓他感到幸福之外，他還不用一邊咬爛所有指甲，一邊做不知道自己錯在哪裡的反省，更不用緊張到身體發疼，沒有人大聲咆哮責罵，也沒有人對他施加莫名的暴力，如果有人欺負他，身體會以牙還牙。

靈魂小心翼翼地不讓自己觸碰到身體，盡情享受著平和，現實中的身體得到了愛並且快樂地生活，只是看著，就能感受到那份滿足。

那是一段因為不存在而感到幸福的時光。

「謝謝你照顧媽媽。」帶著笑容的靈魂對仍然感到困惑的身體表達了感謝。

柔弱年幼的宋理巘絕對無法做到這些事，他把酒藏起來不讓她喝，把藥沖進馬桶不讓她吃，都無法讓宋敏書恢復正常。

宋敏書需要有人在她發作時能控制住她，並讓她依靠，但每次她發作時，只能躲在角落等待時間流逝的兒子，什麼也做不了。

「請偶爾幫我去看看媽媽過得好不好。」

靈魂不知如何表現敵意，即使內心吞噬的敵意撕裂了自己脆弱的身體，他也只是一忍再忍。就連最後一刻，也不是對那些折磨自己的人感到憤怒，而是擔心所愛之人，最後看到一直掛念的媽媽正在康復，他才終於能無牽無掛地離開了。

「我現在要走了。」沒有一絲煙塵的純淨靈魂微微動了動唇。

「……什麼？」

身體察覺到了讓他感到混亂的原因——原來一直陪伴在身邊的靈魂，是在等待告別，而不是想要找回自己的身體。

靈魂不想回到身體繼續生活。

宋理巘原本的人生就不是在活著，而是在苦撐，他在艱難和沉重的現實中與生命拔河，等待再也無法醒來的那天。

他不想回到那個他好不容易才擺脫的人生。

靈魂認為從天橋跳下的瞬間自己就死了，他沒想過要找回身體，如果有人必須留在身體裡活下去，那應該是為了救他而死的那個人的靈魂，而不是自己。

「不……不行，不可以！」

然而，金得八並不希望如此，身體急忙掀開被子，想要阻止靈魂。

「這個、這個是你的身體，是你的，我、我沒有要奪走你的東西……」

雖然沒人教，但他知道，只要觸碰到宋理巘的靈魂就可以了，這只有失去過身體的人才有的本能，只要輕輕掠過，只要碰到宋理巘的靈魂，兩個靈魂就會各自歸位。

「活著，我已經做好讓你能夠活下去的安排……」

會開始這件事是因為宋理獻太可憐，想為這孩子的人生築起一道保護牆。

這個孩子應該受到保護，金得八想保護那個從未被關愛過的孩子，儘管世上險惡，但是想讓那個孩子知道，至少還有一個人在乎他，希望給那個想躲進櫃子裡不被任何人看見的宋理獻一個立足之地。

這就是他在宋理獻的身體裡想做的事。

身體拚命想留住靈魂，為了找藉口說服靈魂，那雙驚慌失措睜大的眼睛無所依從游移不定。

「世暻也說會照顧你，讓你過得好。」

崔世暻。

至少得跟崔世暻做最後的道別，若就這樣消失，他會受傷的。

想到崔世暻時，身體僵硬地停留在準備下床的姿勢，靈魂似乎理解他的猶豫，點了點頭。

「……唔！」

滾下床的身體，伸出手想抓住宋理獻的靈魂，手臂穿過空氣，快要碰到白色靈魂時，靈魂用腳後跟推動了地板，椅子的輪子滑動，揮舞的手撲空了。

孩子天真的笑容預告了最後一刻。

「謝謝你救了我，對不起。」

還來不及抓住，也無法抓住，靈魂就消失了，那是一個既短暫又漫長的瞬間。無物可焚的靈魂迅速抹去了自身，卻在留下的肉體上留下了如爆炸般漫長的後遺症。

茫然站著的宋理獻突然跌坐在地，但隨即又因難以承受的痛楚而癱倒在地。

「啊……」

曾經歷過的靈肉分離時的失落感再次襲來，無法承受身體一部分脫離的失落感和痛苦，讓身體如同白楊樹般顫抖。然而，和奪走孩子肉體的罪惡感相比，這點痛苦根本不值得一提。

「啊、呃，呃……」

他拚了命抬起低垂的頭，但靈魂坐過的椅子上已經空無一人。

——走了，真的走了，那孩子離開了。

那個從未受過保護和愛的孩子，最終連自己的肉體也捨棄了。

「啊呃……啊……」他趴在地上顫抖，抓撓地板的指甲留下白痕後折斷。

他喉嚨哽咽，扭曲的嘴唇只能發出如野獸般的呻吟，淚水從鼻尖滴落，一滴一滴濕潤地面。

在失落感和罪惡感中掙扎的他，腦海中只浮現一個人。

「世暻啊……」

只有崔世暻能理解這種情況，只有崔世暻能明白那種如心臟撕裂般的痛楚，好想見崔世暻，他也應該要知道那孩子已經離開的事。

搖搖晃晃站起來的腿沒力氣，只能勉強移動，沒一會兒彎曲的膝蓋撞到地板，雙腿無法動彈，他伸出手抓著地板爬行，扶著牆站起來一拐一拐地走。走廊的自動感應燈察覺到動靜亮了起來，他踉蹌地穿過走廊，腳步沒踩到樓梯，踩空了，他身體前傾，沒抓住牆壁，從樓梯上滾了下去。

身體撞上樓梯邊緣後滾落，最後停在樓梯平臺，他不記得何時拿的手機也滾落在附近。他彷彿死去般，橫躺的身體一動不動，這時未能感應到倒下的宋理巘的自動感應燈隨即熄滅。

黑暗中傳來低聲的呻吟，與啜泣聲混在一起。

「啊、啊……啊呃……」

他側身躺著，蜷縮成一團，痛苦地抓著心臟。

「世暻……世暻啊……」

心中只有要見到崔世暻的念頭。

他在如同全身被撕裂的痛苦中掙扎，在黏稠的淚水和痛苦中爬過了樓梯平臺，滾下剩下的階梯後一拐一拐地走著。

甚至沒有心思去穿鞋，宋理巘莽撞地打開玄關大門，外面狂風暴雨，宛如墜入深海般漆黑。傾盆大雨瞬間淋透全身，連呼吸都變得困難，雨水湧入腳趾間，像在水中奔跑般濺起水花。

宋理巘奔跑著，懷著快要爆裂的心臟，朝著崔世暻所在之處，衝進了宛如深海般的暴雨中。

今夜下著彷彿要撕裂天空般的大雨，就像一年前事故發生的那天一樣。

⁂

雖然互道晚安後掛斷了電話，但崔世暻並沒有入睡，看著宋理獻半睡半醒卻堅持繼續通話的樣子，讓人覺得心疼又可愛，甚至想捉弄他一下。不過崔世暻有著浪漫的一面，只要愛人能安然入睡，他願意裝睡。

崔世暻目不轉睛地翻著書頁，學測也考完了，想輕鬆閱讀所以挑了一本小說，但男女之間的愛情故事只讓他感到無聊，不過，至少不像以前那樣難理解了。當小說出現和他在校慶追逐宋理獻時相似的心情描寫，他開始全神貫注地閱讀起來。

然而，當故事進入甜蜜的戀愛過程時，崔世暻毫不猶豫地合上了書，他不想知道別人的愛情故事，因為他自己也正經歷著不亞於小說的特別愛情。

他放下無聊的小說，拿起手機欣賞了這段時間和宋理獻拍的照片，崔世暻的嘴角浮現出一抹淡淡的微笑。

因為不知道真正的宋理獻何時會回來，他們決定盡可能地多待在一起。

這就是宋理獻每天消失三小時，讓他感到不滿的原因，每一分每一秒的分離他都覺得可惜，而宋理獻去哪裡也不說，每次消失就是三個小時。

從他揹的運動袋來看，似乎是去運動了……

當崔世暻不滿地吞下口水，認真地瀏覽照片時，手機震動了起來，螢幕跳到來電畫面。看到來電顯示，崔世暻雖然感到疑惑，但他還是接了電話，因為應該在熟睡中的戀人竟然打電話來。

「嗯，理獻啊，你不睡嗎？」

「……」

然而，電話那頭卻沒有傳來說話聲，只聽到淅瀝嘩啦的雨打在皮膚上的聲音，除非是沒有撐傘淋雨，否則雨聲不可能會如此清晰。

崔世暻懷疑宋理獻在淋雨，急忙從椅子上站起來追問：「發生什麼事了？」

「……」

「你在哪裡？告訴我，我馬上過去。」

宋理獻似乎說了什麼，但因為雨聲聽不清楚，不過，肯定是出了什麼事。正準備拿外套出門的崔世暻，聽到電話裡的下一句話而突然停住。

「……走了。」宋理獻顫抖著說道。

「那孩子……走了。」

滂沱大雨中夾雜著啜泣聲。

❧ ❧ ❧

暴雨讓最後一點光亮也熄滅了，幽暗庭園裡的花草在風雨中搖曳，漆黑天空下的樹木危險地搖晃，看似隨時會折斷，狂風暴雨中斜落的雨水，連雨傘也無法遮擋。

崔世暻撐開長柄傘，一踏進庭園就淋濕了，他為了避開雨水而轉過頭，卻踩到了水坑，連運動鞋裡面都濕透了。必須在強風中緊握傘柄的他，分不清是身體還是心在顫抖，一切都在不安中躁動著。

崔世暻打開了大門，他一看到門鈴下蜷縮成一團的黑影，就立刻扔掉了傘，大門屋簷末端積聚的雨水流進了倒放的雨傘裡。

崔世暻在那個將頭埋在抱緊的雙膝間的身影前跪下。

他會是誰呢？眼前這個縮成一團的身影顯得瘦小又卑微，即便是能分辨兩個靈魂的崔世暻，此刻也無法辨認出這具身體裡的靈魂。

電話裡他說那孩子走了，不過，崔世暻只看到那個濕透的後腦杓，卻有種似曾相識的感覺，眼前蜷縮的身影，與一年前以同樣狼狽模樣來訪的少年身影重疊在一起。

那個赤腳冒雨找上門來威脅崔世暻的宋理獻，他的威脅是那麼的拙劣，明明在威脅卻不敢與人對視，還全身發抖，如此軟弱無力，根本不構成任何威脅，當時應該假裝被威脅，聽他說話的。

崔世暻想起當時宋理獻因為自己的嘲弄而感到羞恥，凍僵的身體選擇衝進雨中的背影，那個在狂風暴雨中逐漸模糊的白色背影。

這樣一來，這個少年究竟是誰已不再重要了。

「……理獻啊。」

崔世暻抓住了那蜷縮身影的雙肩，被雨水浸濕的衣服冷得刺骨，體溫下降的身體忍不住發抖，那抖動的樣子讓人心疼，崔世暻將抓住的肩膀擁入懷中。即使懷中的身體所散發的寒氣奪走了他的體溫，崔世暻仍像是願意給出自己全部的體溫般珍惜地抱緊少年。

「宋理獻。」

一年前，崔世暻每次都錯過的少年，現在終於被他抓住了，那時因錯過少年而長期折磨他的低燒退去了，他從找不到少年而產生的罪惡感中解脫了。

可是，在獲得解脫的瞬間，並沒有感到任何喜悅。

「那孩子，一直在看著。」沙啞的聲音從崔世暻的懷中傳出。

崔世暻知道眼下是誰與他共享體溫了，真正的宋理獻已經離開，去了再也見不到的地方。

那孩子離開了，他愛著的宋理獻留了下來，但崔世暻無法感到高興，他更加用力地抱住那發抖的身體，忍受隱隱作痛的心臟，他透過冰冷發抖的身體，體會到了宋理獻冒雨奔來的心情。

那個從未感受過溫暖善意的孩子，沒有給留下的人任何機會就離開了，崔世暻閉上眼睛，隱藏泛淚的眼眶。

「他說他一直看著……」

淚水潰堤的宋理獻發出像是吞下利刃般的尖銳吼聲：「不管是洪在民還是會長……我應該把他們都抓來痛打一頓。」

就這樣送走了可憐的孩子，剩下的只有後悔，當時以為那樣已足夠，其實不過是欺騙了那可憐的孩子。

都是那些混蛋害宋理獻從天橋跳下來的，一想到自己對那群混蛋施予可笑的仁慈，就感到無比愧疚。

那孩子會棄肉身而去，彷彿都是自己的錯，如果當初掐斷那些欺負孩子的傢伙的咽喉，他是否就會留在現實中？

想到這裡，宋理巘的怒火如乾燥原野上蔓延的火焰般燃起，但卻又被如暴雨般傾瀉的淚水澆熄了。

「那些混蛋……欺負那孩子的混蛋，媽的！全部，所有人……嗚……」

一切都變得毫無意義，可憐的孩子已經離去，抓住那些混蛋教訓又有什麼用呢？

宋理巘用力捶打自己的胸口，但不管怎麼打，心中的悶痛和自責都無法消散，自己都這樣了，那個不得不旁觀的孩子該有多怨恨和委屈啊。儘管如此，那孩子還是帶著微笑離去，那純真的笑容深深地刺痛了他的心。

「你走了，就這樣走了……叫我怎麼辦……要我怎麼活下去……」

「理巘啊。」崔世暻抓住了那隻捶打胸口的手，十指緊扣並拉下來，他緊緊抱住那想要掙脫的身體。

雖然能聽到懷中傳來的哭聲，崔世暻卻無法給予任何安慰，因為他比任何人都更了解他的心情，知道任何言語都無法給予安慰。

崔世暻用鼻尖輕蹭宋理巘濕潤的頭髮，輕輕吻了一下，他閉上泛淚的眼睛時，感到一陣鼻酸。

哭得幾乎要昏厥的宋理巘，忽然止住了眼淚，他抓住並推開崔世暻的肩膀，在那憤怒消失的臉上，露出了想要逃避現實的表情。

他茫然地睜著眼睛，像個瘋子結結巴巴地說：「世暻啊……我要怎麼活……嗯？崔世暻，我要怎麼活下去啊……」

「理巘啊。」

「我奪走了那可憐孩子的身體……我要怎麼活啊……你想想辦法啊！快點想辦法幫幫我……」宋理巚抓著世暻的衣領拚命搖晃。

宋理巚看到崔世暻紅了的眼眶，扭曲的嘴唇顫抖著，隨著淚珠的滑落，宋理巚也崩潰了。

「世暻啊……求求你，世暻啊……我要怎麼活……世暻啊……」把額頭貼在崔世暻胸口的宋理巚，背部輕微地顫抖著。

「……都是我的錯，全都是我的錯，你沒有錯，你沒做錯任何事。」崔世暻強忍著淚水，聲音變得沙啞。

崔世暻扶起倒地的宋理巚，雙手捧著他淚濕的臉，充滿淚水的眼眶彷彿隨時會潰堤般模糊了視線。

崔世暻親吻那雙眼睛，沙啞地低語：「是我的錯，因為我錯過了……那個時候我應該要抓住的，不該錯過。我做錯了，你不要胡思亂想，是我的錯，都是我的錯，理巚啊。」

崔世暻在捧著的臉上到處親吻，像念咒語般重複著類似的話，他能做的只有這樣，不斷地減輕宋理巚的罪惡感，將折磨宋理巚的罪魁禍首轉移到自己的身上。

宋理巚像要把眼淚融化後糾結的五臟六腑嘔出來般痛哭失聲，崔世暻的雙唇跟隨著淚水流過的地方輕輕吻過。

嘩啦——傾盆而下的雨勢吞噬了世間的喧囂。

哭聲、憤怒、悲傷，所有的一切都被流淌的雨水沖刷殆盡。

一輛黑色轎車逆著下坡的雨勢駛上了巷子，不久，一道強光照亮了兩名少年的腳下。面對突如其來的光，崔世暻本能地將宋理巘的頭護在胸前，然後透過遮擋眼睛的指縫注視著光源。

「世暻啊。」

從開著車頭燈的駕駛座下車的崔明賢凝視著他們。

崔明賢那雙因為困惑而睜大的眼睛，剛才還看到自己的兒子在宋理巘的臉上到處親吻。

終章

宋理巘露出笑容，祈求自己的未來會有崔世暻的陪伴

崔世暻扶著跪坐在地無法起身的宋理獻進了家門，在明亮的燈光下仔細一看，宋理獻仍舊止不住淚水，嘴唇已經發紫，他無法控制地顫抖著，單靠擦拭是無法解決的，於是崔世暻帶宋理獻到浴室，讓他坐在浴缸裡。

崔世暻將手指伸入放好的熱水中測試溫度，隨後捲起袖子和褲管，進入浴缸，當他費力地脫下緊貼在宋理獻皮膚上的濕衣服時，自己也濕透了。

熱水注滿浴缸，蒸氣瀰漫的浴室變得溫暖，抱著膝蓋縮成一團的宋理獻身體漸漸暖和起來，但肩膀又再次微微顫抖。

崔世暻擁抱他，輕撫著他的背，沒有阻止他哭泣。

熱水滿到浴缸邊緣，水波蕩漾，滿溢的熱水又添加了淚水，漫了出來，溢出浴缸邊緣的水聲，像在啜泣。

他們離開浴室時，宋理獻已無法自主行動，他任憑崔世暻為他穿衣，餵他喝水。當水分補充後，淚水又再次潰堤，崔世暻放下杯子，抱住了痛哭的宋理獻。

為了讓宋理獻能盡情地悲傷，崔世暻壓抑了自己的悲傷。

哭累的宋理獻昏睡過去，崔世暻確認睡在自己床上的宋理獻呼吸平穩後，為他拉好被子。

宋理獻哭得紅腫甚至破皮的眼角即便在睡夢中仍流著淚，崔世暻怕弄痛他不敢擦拭，只能讓枕頭漸漸被淚水濕透，這時，手機因為崔明賢發來的簡訊而震動。

跟我聊聊吧

「……」

崔世暻凝視著手機螢幕上的訊息許久，像是要在黑色瞳孔中留下印記般，深邃的眼神讓人無法猜透他的想法。水珠滴答、滴答地落在螢幕上，那是從濕透的髮尾滑落的水珠。

崔世暻將濕漉漉的頭髮往後撥了撥，他因為也進過浴缸而淋濕了身子，但因為忙著照顧宋理巘而忽略了自己，只是隨便用毛巾擦了擦就出來了。

崔世暻細心地將宋理巘安頓在被窩中，衣物都穿得整齊，還用暖風吹乾了短髮，反觀自己，卻只是隨意套上運動褲掛在胯骨上，濕漉漉的長髮則草草甩了幾下。

此刻，崔世暻仍任由水流順著裸露的上身曲線滑落，因為想確認宋理巘的體溫是否正常，他只用掛在頸上的毛巾擦乾手背上的水分。

消瘦的臉頰和後頸的體溫目前正常，但不知會不會發燒，所以他打算徹夜看顧。

崔世暻反覆翻動手背，感受著宋理巘的呼吸，同時思索著父親叫他的原因，不叫才奇怪，在家門口被抓到和同班男生接吻，那個恨不得親自監視兒子也要將他掌控在自己手中的父親，怎麼可能就這樣算了。

崔世暻一輩子都不打算放棄宋理巘，這種事遲早會發生，但他覺得時機不大好。想著想著，他突然發出洩氣般的笑聲。

崔世暻自嘲地想，無論今天還是其他時候，只要涉及崔明賢，時機都不會好，在父親眼中，他永遠不夠好，是需要親自監視和控制的兒子。被撞見和宋理巘接吻，不過是繼六歲時的事情後，又多了一件需要監視的事件而已。

雖然崔世暻沒聽過父親談論價值觀，但他深信一個清廉正直、墨守成規的父親絕對不會接受同性戀的兒子。

今晚肯定要挨一記耳光了。

既然被撞見了，躲不過的話不如就今晚面對，反正今晚發生了很多事，就算多一個不愉快的回憶，也能被其他回憶掩蓋。

「嗯……」

因筋疲力盡而熟睡的宋理巘呻吟著翻了個身，崔世暻覺得暫時讓他獨自休息應該沒問題，於是穿上掛在書桌椅背上的運動衫，濕漉漉的身體立刻浸濕了衣服，他不以為意，繼續擦乾頭髮。

崔世暻只把頭髮吹到不再滴水的程度，然後只開著小夜燈，關掉其他燈光走了出去，好讓宋理巘睡得安穩。

崔世暻下樓時，突然聽到聲音，便停在扶著欄杆的地方。

「三更半夜的怎麼回事啊？不用去醫院嗎？」剛從廚房走出來的幫傭一邊大呼小叫，一邊把退熱貼、退燒藥和水杯放在桌上的托盤上，這些東西是為宋理巘準備的，以防他發燒。

「我看一下情況，有需要的話我會叫您，您先去休息吧。」

「哎呀，好的，有事請隨時叫我。」

住家的幫傭回房後，崔世暻仍抓著欄杆沒下樓，他默默注視著雙手掩面低頭的父親背影。

緊繃的白襯衫下，背部劇烈起伏，如果不是距離太遠，崔世暻應該能聽到父親發出的深沉嘆息。

崔世暻不想看到崔明賢像世界崩塌般地沮喪，便走下樓梯。察覺到動靜的崔明賢收起表情轉頭看向崔世暻，但那些不像肌肉可以隨意控制的皺紋仍無法抹去讓他感到絕望的挫折。

崔世暻刻意放鬆自己緊繃的嘴角。

「你朋友呢？」

「睡了。」

「他身體怎麼樣？」

「等天亮我會聯絡家庭醫師。」

崔明賢沒多說什麼，只是點了點頭。表面上看似平靜，其實卻不然，崔明賢拿著玻璃杯直到碰到嘴邊才發現水已經喝完，於是放下了空杯。

「要我給您倒杯水嗎？」

「不用了，我已經喝很多了。」

細長的玻璃杯已經空了，所以他說喝了很多倒也不假，但崔明賢的嘴唇仍乾得發白。看到兒子親吻了同齡男孩的臉，有這種反應也是可以理解的。

他們特別形影不離，對從未有知心好友的崔世暻來說，這種行為確實有些奇怪，但他並沒有懷疑是那種感情。他的兒子曾短暫地和一個女孩交往過，而且和男生們都保持著適當的距離，看不出有同性戀的傾向。

這樣看來，兒子是否曾與他人建立過真摯的關係呢？

不是對所有人都友善或善良，而是指能夠敞開心扉，遇到困難時能依靠的關係，就算不是朋友，也可以是老師或是父母……但是沒有，一個都沒有。

回想過去監視時兒子的人際關係，崔明賢痛苦地皺起眉頭，因為他發現了一個新的事實——他察覺到自己因為盼望兒子過正常生活而忽視了重要的事情，這個領悟比目睹兒子親吻男孩更令崔明賢難以承受。

另一方面，儘管崔明賢說不用了，崔世暻還是去廚房倒了水，他為父親裝滿了一整杯的水，部分原因是他想讓父親往自己臉上潑水。

崔世暻想要摧毀與父親的關係，即使被潑水、被打耳光，他也想要公然反抗這段壓迫他的父子關係。

只要牽扯到宋理獻，崔世暻就會感到從未有過的叛逆心。

在崔明賢面前放下水杯後，坐到對面的崔世暻像投直球般直接切入主題，因為他想在崔明賢喝完水之前結束談話。

「我先喜歡上他的，我一直追著他，求他跟我交往，上次在校慶上鬧事，也是因為我纏著宋理獻要他喜歡我。」

崔世暻只是為了激怒父親才說了實話，他把那些適當的隱瞞、用笑容包裝的虛偽面具全部丟掉了。

「我非常喜歡他，喜歡到非宋理獻不可的地步。」

崔世暻不認為自己是同性戀，儘管只有十九歲，但除了宋理獻之外，崔世暻從未喜歡過任何人或對誰有過性衝動。他對因他人安排而交往的女孩毫無感情，而且比同齡人晚夢遺，甚至他的夢遺對象也不是人，因此他更像是無性戀者。

他墜入愛河的標準與別人不同，在這個標準裡，性別不是問題，那個人的出現滋潤了崔世暻心裡那從未被滿足的渴望，而那個人恰巧是男性而已，如果宋理巘是女性，崔明賢就會誤以為崔世暻是異性戀者了。

「……世暻啊。」

崔明賢不知該說些什麼，用顫抖得像嘆息的聲音喊了兒子，隨後又深吸了一口氣，為了不刺激兒子陌生的一面，他小心斟酌著用詞。

「你認真思考後再決定也不遲，你還小，等你進入社會後……」

「我已經思考很久了。」崔世暻打斷了崔明賢的話。

「宋理巘接受我真實的樣子。父親您也知道的，我不正常，六歲的時候因為覺得討厭就殺了人，會想著殺人的傢伙怎麼可能正常。」

「世暻啊，我會那樣做是因為……」

「就算進入社會，也很難再遇到像宋理巘這樣的人，不對，是根本不可能，所以我非他不可。」

崔明賢舔了舔乾裂的嘴唇，兩人的角色彷彿對調了，他難以輕易說出話來，是因為聽到兒子坦率的心聲嗎？崔明賢用手掌壓住如同混亂的思緒般顫抖的眼角。

落地鐘的指針滴答作響，即使午夜的鐘聲響起，崔明賢仍沉默不語，時間過了很久，崔明賢幾次開口，但都只是吸氣或吐氣，無法貿然開口，只是整理著思緒。

「……對，喜歡一個人並沒有罪。」

崔世暻長時間忍耐著，喝著自己倒的水，突然停了下來，原以為會大發雷霆的崔明賢顯得有些挫敗，崔世暻從雙手掩面的崔明賢身上，感覺到某種以為堅不可摧的堅強意志，似乎已經崩塌了。

崔世暻有一些誤解，其實崔明賢既不清廉，也不迂腐，他對兒子嚴加管教，是因為怕兒子犯下殺人罪，可能因為這樣給崔世暻留下了正直清廉的形象。崔明賢會謀取私利，但沒有什麼比妻兒更重要的事，所以沒有其他私利可謀罷了，從接受宋理獻提出的交易來看，他並不清廉。

因為專業領域是法律，所以有些迂腐，但他對平等十分敏感，像雙刃劍一樣，法律應該一視同仁，即使戀愛對象與常人不同，法律適用的標準也不應該改變。

至少在崔明賢的標準裡，同性戀不是改變法律尺度的理由，也不是犯罪。

「也不是會傷害別人的事。」

崔明賢唯一警戒的是崔世暻犯罪，一顆鈕扣扣錯了，後面的鈕扣也會跟著扣錯，一次錯誤的行為，往往會連帶性地毀掉之後的一切。

同性戀並不在扣錯鈕扣的範疇之內。

「要把所有事情都說得準確是不可能的，不過，世暻啊，這件事我可以準確地告訴你。」

擦了擦臉後隨即放下手掌的崔明賢，看起來突然老了許多。

「我最害怕的就是失去你。」

當最害怕的事情即將發生時，崔明賢無法再像以前那樣強硬。

因為過度壓制，反而奪走了崔世暻與他人建立真誠關係的機會，所以，兒子無法與他人建立基於信任的關係，才會去親吻並纏著同班的男孩嗎？

不對，同性戀並沒有錯，這不能作為判斷崔世暻對錯的標準。崔明賢穩住了動搖的心，心想若再讓關係惡化，將會永遠失去兒子。

「時間，給我點時間，世暻啊。」

「……」

「這太突然了……我還得跟你媽媽說……」

然而，不管怎麼做好準備，面對兒子意料之外的性取向，作為父親還是難免感到困惑。

雖然崔世暻現在還不知道，但崔世賢會慢慢地接受兒子的同性戀傾向。

儘管崔明賢的內心經歷著極端混亂，他也不會採取暴力或譴責等負面方式來表達，他不想對心愛的兒子動手，也不願失去他。

「……我先上樓了。」

然而，崔世暻對這種場合感到不自在。

崔明賢幾乎一輩子都在控制和監視他，卻聲稱這是因為不想失去兒子，但這真心讓人無法相信，那看似被擊垮的脆弱模樣像在推卸責任，讓人感到不舒服。

在這種被單方面操控的關係中，缺乏了共鳴，崔世暻看著陷入混亂的崔明賢，就像在看一個陌生人，然後他站了起來。

崔世暻拿起裝著退燒藥的托盤準備離開時，崔明賢還是用手抵著額頭，低著頭無法抬起。

就在崔世暻要上樓時，背後崔明賢的聲音攔住了他，「我希望你幸福，就像我遇見你媽媽後生下你時那樣幸福，我希望世暻你也幸福地生活。」

——這是要我交女朋友的意思嗎？

都說到這種程度了，父親還是想控制他的人生，崔世暻不知該如何是好，他感到暴力的本性在蠢蠢欲動，拿著托盤的手背上青筋暴起。

「世暻啊，你不覺得這個世界很無趣嗎？」

聽到這個離題的問題，崔世暻半轉過身，這時，他與看著自己一臉自暴自棄地笑著的崔明賢目光相遇。

「這個世界無趣到了極點，無趣到我想撕爛那些傻笑的人的嘴臉，這很簡單，不是嗎？身邊隨處都有可當作凶器的東西，也有私人土地可以善後。只要跨過那條線就可以了，從普通人變成殺人犯的那條線。」

當崔世暻聽到剛正不阿的父親竟然有和自己相同的想法時，不禁感到震驚。看著驚訝的崔世暻，崔明賢似乎覺得有些有趣，但笑容很快消失，取而代之的是深深的挫敗感。

「對我來說，不跨過那條線真的很難。」

崔明賢坦白了那個折磨他一輩子的衝動。

「我一直都想越過那條線。」

「……」

「即使知道一旦越過那條線就會毀掉一切，我還是想越過。」

犯下殺人罪，為了掩蓋真相而撒謊，殺掉發現的人，在這個過程中濺出的血滴引起妻子的懷疑……即使知道最終會毀掉一切，崔明賢仍然一輩子都在與那想要越線的衝動搏鬥。

「我擔心你也像我一樣，與那想要越線的衝動搏鬥，我不希望你遭受那種折磨。與其如此，還不如由我來讓你遠離這些會更好。」

崔明賢不希望崔世暻終生都像他一樣與這種衝動搏鬥，他寧願被崔世暻怨恨，也要讓他遠離那條線。

因此崔明賢監視並壓制崔世暻，放棄了擁抱那個讓他感到驕傲的兒子，選擇對崔世暻嚴加管教，讓他遠離那條線。

儘管導致了今天的局面，但崔明賢卻無法判斷是成功還是失敗。

崔明賢突然覺得崔世暻變得遙不可及，他什麼時候長得這麼高了？那個像六歲孩子般的身形，如今即使隔著遠距離也能看到他那寬闊的肩膀。

一言不發地聽著的崔世暻，一臉冷峻地說道：「我以為我不正常。」

崔明賢彷彿被刀刺中般，嘴角扭曲變形。

「直到現在，我都不確定六歲時我是否殺了那個女孩，我沒有殺她，但因為父親那麼說，我以為我真的殺了她，不過現在我很確定我沒有殺她。」

崔明賢擔心兒子像自己，但崔世暻只是像父親，並非崔明賢，他與在正常人和殺人犯的界線上掙扎的崔明賢不同，崔世暻穩穩地站在界線內。

諷刺的是，聽到崔明賢的告白，崔世暻了解到自己身在何處，他和處於界線上的父親不同，崔世暻知道如何調節那條界線。

「我沒有殺過任何人，以後也不會殺人。」

崔世暻能夠分辨界線，他絕對不會逾越那條線。

在零下的氣溫下，淋著雨跑來的宋理巚最後還是發燒了，即使崔世暻整夜幫他換退熱貼，為他擦汗，但仍高燒不退，還說起了夢話。

接到電話趕來的家庭醫師給他打針並掛上了點滴，一直等到過了中午才退燒。宋理巚稍微能活動時，第一時間就是借崔世暻的手機打電話給瑞山大嬸。

「是的，我在崔世暻家裡。」

昨晚，不知怎麼會帶上的手機，卻因為浸了水而無法開機，能夠打電話給崔世暻本身就已經是個奇蹟了。

崔世暻竟然儲存了別人家幫傭的電話號碼，雖然這意圖讓人難以捉摸，但宋理巚不知道瑞山大嬸的電話號碼，倒是派上了用場。宋理巚瞥了一眼像是期待稱讚的崔世暻，然後對著電話那頭責備他不說一句就跑出去的瑞山大嬸解釋起來。

「昨天晚上突然有急事要見面。」

瑞山大嬸早上起來發現玄關門開著，宋理巚的床上沒人，更糟糕的是他的手機還關機了，導致瑞山大嬸的電話被轉到語音信箱，若不是崔世暻及早聯繫，瑞山大嬸早就報警了。

「不，我今天會回去。」

聽到瑞山大嬸鬆了一口氣的聲音，自從經歷了李美京的風波後，只要宋理巚不在家，她就會感到焦慮。

「那……沒事。」

宋理巚咬著嘴唇，猶豫著想問些什麼，最後還是把話吞回去結束了通話。崔世暻沒有接過宋理巚歸還的手機，而是十指緊扣握住了他的手。

「再多待一會兒再走。」

他不想讓病容明顯的宋理巚離開，悄悄地加重了握手的力道。

「不行，今天是母……宋敏書去醫院複診的日子。」

宋理巚鬆開十指相扣的手站起來時，更正了稱呼，雖然對外稱她為母親，但他不想再那樣稱呼宋敏書了。假裝宋理巚的那些行為，似乎助長了真正的宋理巚離去，這讓他感到沉重不已。

低頭看著地板邊緣的宋理巚，沉默良久後嘆口氣輕聲說：「那個孩子……回不來了吧。」

崔世暻默默地撕下貼在宋理巚額頭上的退熱貼，他知道，但宋理巚卻本能的知道，就像火化了的金得八肉體無法復原一樣，已經離去的宋理巚的靈魂也無法回來，只要宋理巚的肉體不死，他就必須繼續活下去。

然而，那個孩子留下的身體，就像象徵罪孽的紅色印記。

每天早上照鏡子的時候，日常生活中不經意看到自己的手時，都必須重溫奪走真正宋理巘身體的罪惡感，想到未來將日復一日如此，即使安靜地坐著也覺得喘不過氣來，心中鬱悶。

雖然對崔世暻感到抱歉，但他不想以宋理巘的身體活著。

❧ ❧ ❧

宋理巘穿上從烘衣機取出的衣物，借了一件充滿崔世暻味道的羽絨外套，然後往家裡的方向走。他穿著崔世暻的運動鞋，走路時腳後跟會鬆脫，儘管走得很慢，但他不急著回家，拖著步伐慢慢走回家裡。

正在使用吸塵器的瑞山大嬸熱情地迎接宋理巘，她不知道昨晚發生了什麼事，一邊說雨後的空氣很清新，一邊打開所有窗戶通風。

「回來了嗎？夫人準備得差不多了。」

「……好。」

他深深地坐進沙發裡，明明已經到了該上樓換衣服的時間，他卻像死老鼠般一動也不動地守著沙發。他不想進入那個房間，那個充滿了真正的宋理巘痕跡的地方。

「唉……」

宋理巘將脖子靠在沙發背上，茫然地看著白色的天花板。

——宋敏書也應該要知道吧？

她的孩子已經死了，再繼續假扮宋理獻就是欺騙了，暫時借用身體等真正的宋理獻某天回來，與完全占據身體是兩回事。

真正的宋理獻離開時，還心繫著宋敏書，那個看似毫無留戀就瀟灑離去的孩子，唯一拜託的就是照顧宋敏書，所以無法欺騙她。

他本來想放棄一切，但就像回到家一樣，對宋敏書的責任感驅使他採取行動。

他艱難地站了起來，敲了敲宋敏書的房門，連續敲了幾次，裡面都沒有回應，他只好靠在牆上等待。

這種情況經常發生，雖說在治療中有所好轉，但宋敏書還在恢復期，對外界刺激的反應會比較遲鈍，但也可能是故意不回應。

這次可能是後者。

穿著長大衣的宋敏書優雅地走了出來，準備好外出，她雖然沒有像當演員時那樣化妝，但捲翹睫毛和精緻的鼻子，為她的素顏增添了幾分華麗。

這樣一看，才忽然想起宋理獻與她竟如此相像。

宋理獻擋在她前面，宋敏書也望向了他。

年初時身高和宋敏書相近的宋理獻長高了許多，她不得不仰望兒子，她花了大部分時間梳理的長直髮隨著頭的擺動而垂落。

「……我有話想跟妳說。」

這次換宋敏書沉默了。

她接受治療後病情好轉，能過正常的生活，但她幾乎不說話，只在必要時簡短回答，醫生診斷稱一切正常，所以是她不想說話才選擇沉默的。

她沒同意宋理巘進房間，就自行轉身回房了。宋理巘看她坐在圓桌旁邊，似乎是想坐下來談話，於是闖了房門跟了進去。

宋理巘不知道該怎麼說，在桌下搓著手，這時她難得主動開口，雖然一如既往是單方面的通知。

「你上大學後，就搬出去住吧。」

宋理巘不安地搓揉的手突然停了下來。

「你不用再照顧我了。」

「不、不可以……媽……」

在她面前裝宋理巘，勉強加了個「媽」字，但很快就覺得可笑。

「你何必要為我操心。」

她的表情和語調仍然冷淡，但帶著些許嘲諷。

「我可從未對那孩子盡過母親的責任。」

宋敏書沒有稱宋理巘為她的兒子，宋理巘挑起了眉毛，她似乎知道眼前的宋理巘不是她的兒子。

如果崔世暻憑藉敏感的本性察覺到宋理巘是別人，那麼宋敏書則更為直觀。

「那孩子無法喊出我的名字。」

那天李美京指使歹徒綁架她，想將她關進精神病院。

與崔世暻一起回家的宋理獻試圖阻止歹徒，他在草坪上翻滾，被歹徒壓制時大喊著：「宋敏書！快醒醒！逃跑！宋敏書！」

他大喊宋敏書的名字，當時情況緊急，為了喚醒失去意識的她，他大喊她的名字，宋敏書才隱約恢復了意識。因為受到藥物的影響無法睜開眼睛，但她感覺到宋理獻在叫她的名字。

宋理獻大喊宋敏書的名字，就像是被狠狠抽打般，雖然只是一瞬間，卻讓她徹底清醒。

從那天起，宋敏書就不再相信現在這個宋理獻是她的兒子，但這也可能是她過度的猜疑。不過，她十月懷胎生下的宋理獻是個渴望被愛的小孩，整天掛在嘴邊的就是「媽媽」，如果是那個孩子的話，他會聲嘶力竭地喊「媽媽」，絕對不會直呼宋敏書的名字。

那麼，她生的孩子去了哪裡呢？被會長帶走了嗎？她不斷地思考著，想找出兒子的下落。

這並不容易，錯誤的藥物和酒精使她的頭腦就像長時間攪拌的湯一樣變得渾濁。回憶如同被剪斷的膠捲斷斷續續，時而模糊不清，經常一轉身就忘得一乾二淨。

有時她會記得有個男人在家裡假扮宋理獻，隔天卻不記得自己在二十一歲妙齡生了孩子。吃了處方藥後，她會感到無力和昏昏欲睡，連動根手指都難；不吃藥又無法接受自己困在家中老去的現實而發作。

有時候，她會懷疑自己是不是瘋了，才會懷疑自己的兒子是別人。

如果不是那個不是她兒子卻一直在她身邊守護的男人，宋敏書恐怕無法這麼順利地恢復理智。

「這時候還裝作是媽媽才是瘋了。」

當她的神智恢復到能夠連貫思考時，她意識到自己沒有資格對宋理巘主張任何權利，試圖找回被她遺棄的兒子本身就是僭越的行為，所以宋敏書選擇了沉默。

她深知自己不可能在此時突然萌生母愛，宋敏書的心情更像是懺悔，她像往常一樣，默默地忍受著混亂的現實，沒有試圖讓情況變好，因為只有這樣，她消失的兒子才可能會稍微原諒她。

也許她那超然的模樣，觸動了宋理巘內心的某些部分。

「妳的兒子……走了。」他艱難地道出事實。

他將去年冬天和宋理巘之間發生的事情全盤托出，就像在告解，雖然中間不時停頓，花了很長的時間，連昨晚宋理巘離去時最後的問候也轉述了。

「……」

宋敏書之所以能夠聽下去並不否認他的話，是因為她精神狀態不佳。她還沒有完全恢復正常的思維，所以能相信那些難以置信的話，她面不改色地聽完後，簡短地告訴了宋理巘他應該做的事。

「活下去。」

宋理巘緊咬著嘴唇。

「活下去，從今以後別再有交集，忘記這裡，到別的地方好好生活。」

「但是……」

「我的兒子由我來承擔，你不要再多管閒事了。」宋敏書劃清了界線。

她覺得眼前這個男人做得已經夠多了，如果還有什麼能為兒子做的，那就該由她來才對，而她也只想做這件事。

宋敏書引出了眼前這個陌生男人的罪惡感。

「……至少讓我能夠守護妳吧。」

他們沒有彼此安慰，沒有減輕彼此的罪惡感，也沒有用哀求來博取同情，因為該原諒的人已經離開了，這些都變得沒有意義。

沉默中充斥著悼念和悔恨。

「哈——」口中呼出的白氣在空中散開，宋理巘仰頭看著如霧般飄散的呼氣。

望著一片無雲的天空，陽光很刺眼，他淡色的瞳孔很快就積滿了淚水，當宋理巘因為生理反應揉眼睛時，有人抓住了他的手，不讓他揉眼睛。

模糊的視野逐漸清晰，占據視線中心的是圍著深藍色圍巾，臉上露出燦爛笑容的崔世暻。

視線剛好落在崔世暻肩膀附近的宋理巘，一邊幫他整理大衣領子一邊問道：「你這麼用心打扮，是想給誰看啊？」

宋理巘沒穿平常當校服穿的長版羽絨外套，而是穿了黑色大衣，但可能是衣架子不同的緣故，崔世暻的黑色長大衣看起來格外有型。

「這個嘛，我只想到了一個人。」

崔世暻微微一笑，隨後解下圍巾圍在宋理巘的脖子上。

「走吧。」

兩人經過了每次都會去的那家咖啡館，現在他們要去的公車站需要步行十五分鐘左右。

在人多的首爾，即使是平日早晨，公車站也有不少人。

可能是因為學校放寒假，等車的乘客中有一半是學生，宋理巘就讀的學校也放寒假了，下次上學就是畢業典禮了。

宋理巘已很久沒坐過公車，他對有電子顯示器的公車站感到新奇，四處觀察了一下，然後用腳輕輕踢了一下崔世暻的皮鞋問道：「你坐過公車嗎？」

崔世暻看著電子顯示器，確認要搭的公車何時到站，不知不覺間皺起了眉頭。

「小學的時候，應該是三年級吧……好像是戶外教學之類的，分組搭乘大眾運輸工具然後寫心得報告，就是那種活動。」

崔世暻今天沒有讓司機接送，他也很久沒有自己坐大眾交通工具了，這使他想起了童年的回憶。

「我該去考駕照了。」

再過幾天就要成年了，但宋理巘沒有什麼特別的感受，他朝空中呼出一口白氣。

他們的目的地在京畿道東部地區。下了廣域巴士後，還要在地鐵站附近的站牌轉搭客運巴士，當塞著耳機的兩個耳朵開始隱隱作痛時，巴士窗外的城市景色逐漸變成了田野，天空和大地交接的地平線在眼前展開。

在寂靜的鄉間下車後，走進了與周圍風景不協調的便利商店。

在過去的一年裡，作為高中生的宋理巚，像麻雀進糧倉般頻繁光顧福利社和便利商店，對學生們喜歡的零食瞭若指掌。他熟練地挑選了幾種飲料和零食，放到收銀檯上結帳。

在等待店員掃描條碼的時候，宋理巚從收銀檯角落發現了一樣東西，他拿出來推到崔世暻的面前。

「買這個。」這是宋理巚第一次主動要求買東西，但他放在收銀檯上的只有一根草莓口味的棒棒糖。

崔世暻覺得只買一根棒棒糖不大好意思，想把零食和飲料也一起結帳，但宋理巚用身體擠開他，把卡遞給了店員。

崔世暻不滿地抿著嘴，不知想到什麼，繞過貨架尋找裝棒棒糖的桶子，雖然那個桶子跟油漆桶一樣大有些過分，但宋理巚並沒有阻止他。

正門的圍牆上掛著一塊巨大的如藝術品般精雕細琢的門牌。

「Memorial Park」

這裡是安葬金得八遺體的紀念公園，暑期輔導課結束的那天，從金東洙那裡收到紙條時，他還以為這輩子都不會來這裡，果然世事難料。

走在寬廣的紀念公園中，環顧四周的宋理巚小聲嘀咕著，不讓崔世暻聽見。

「那些沒錢的傢伙倒是找到了一個不錯的地方。」

聽說金得八去世時，組織還很健全，經濟上沒有困難，所以花大錢買下了這個風水寶地。組織解散後，每一分錢都很寶貴，但他們仍然保留了金得八的墓地。

山坡地被削成階梯狀的斜坡，每一層都有方正的墓碑閃耀著光芒，他們按金東洙紙條上所寫的，來到了最後一排。

宋理巚彎著腰觀察墓碑，走著走著他發現了種樹的地方，立刻大步走了過去。

「這裡。」

宋理巚隨意地看了看墓碑，然後環顧四周。崔世暻一直好奇是拜訪誰的墓地，於是仔細地閱讀著墓碑上刻的逝者生平。

金得八 197X.6.19 - 202X.12.23

「十二月二十三日……」

崔世暻陷入沉思，冷風吹拂著他額前的瀏海。十二月二十三日，那天是崔世暻錯過了真的宋理巚的夜晚，他錯過的宋理巚衝進了雨中，去見了那個人，命運的安排讓崔世暻覺得神奇，但卻又高興不起來。

宋理巚用腳推了推金得八墓後的樹幹，想看看是否種得夠深，但樹木紋絲不動。

「這樹不錯。」

這棵樹高度大約到胸口，樹根附近被積雪覆蓋，難以推測是何時種下，不過宋理巚知道，是在埋葬金得八的遺骸時種下的。

他的手下們遵守了承諾，為他舉行了樹葬。醉酒時胡言亂語的承諾，沒想到他們竟然沒有忘記，可能是因為每次喝酒他都會重複相同的醉話，一年至少兩次，每逢節日他就重複同樣的話，聽得人耳朵都要長繭了。

他親自收留的那些手下，每個人都有一段悲慘的故事。因為沒有故鄉可以回，每逢過年過節，他就把那些只能窩在房間裡，邊看特映電影邊撓屁股的傢伙們叫出來，請他們吃烤肉。

金得八也與家人斷絕了聯繫，所以他跟手下們說「讓我們當彼此的家人，等我死後就幫我辦樹葬。我會先死，死後會好好保佑你們這些傢伙，不讓別人說你們是無根之人」。

雖然知道年紀大的人會先死，但沒想到會走得這麼快，命運的捉弄讓人感到苦澀，但卻又無法改變，只能一笑置之。

墓碑前的大理石上放著一束百合花，看來手下們不久前才來過，因為百合花瓣還很濕潤。

宋理獻把花束移到旁邊，擺上買來的飲料和零食，並從 Chupa Chups 桶裝棒棒糖中取出一根草莓口味的放上去，然後把桶子放在地上。

擺好之後退開一看，擺滿了金得八生前連碰都不會碰的零食，忍不住想笑，但這些不是為金得八準備的，而是為離世的宋理獻，所以也沒關係。宋理獻雙手插在大衣口袋裡站著，衣襬隨風飄動，在黑色衣服的襯托下，蒼白的面容更加明顯，他這幾天瘦了不少，下巴線條變得更突出。

唯一變好的是心態調整後放鬆的表情，他呼喚著那消失的靈魂。

「宋理巚。」

真正的宋理巚靈魂已經消失聽不到了，然而，他來到這裡是為了讓自己心安，他盡量不嚇到那個孩子，平靜地說出了宋理巚靈魂離去那晚他應該要說的話。

「如果覺得無聊或不想一個人的時候，就來這裡吧。偶爾來的那些傢伙，雖然看起來很凶，但心地都很善良。」

他又補充說：「他們因為長得凶狠，常常被誤會，其實他們並不是壞人。」

「你媽叫我不要多管閒事……」

宋敏書對痛苦不已的他說，該懷有罪惡感的人是自己，她和這個陌子男子劃清了界線，並說不要搶走她該承擔的責任。

至少在宋敏書面前，他無法表現出悲傷。

時間流逝，當他偶爾忘記刻意壓抑的罪惡感時，他才能直視鏡中宋理巚給予的身體。他本來希望宋理巚的外表看起來是幸福的，但鏡中的孩子和初次見面時一樣瘦弱，因為他這幾天不吃不喝讓他的樣子變得憔悴。

這具身體是烙印還是禮物，全取決於他。

他不能虧待宋理巚的身體，讓先走的靈魂蒙羞，他必須活著，不能讓宋理巚的身體成為烙印，不能沉溺於悲傷中逃避。

「如果你感到孤單……就等等我。」

他抬起頭來凝視著天空，今天的陽光特別燦爛，眼睛感到有些刺痛，他閉上那雙泛著淺淺淚光而顯得晶瑩剔透的眼睛，隨風輕聲說道：「跟大叔一起走吧。」

冬天的風拂過臉頰，這風並不冰冷，圍繞著他，直升天際。

和人潮擁擠而無法牽手的市中心不同，在紀念公園裡沒有人注意，他們可以手牽著手散步。他們遠道而來，捨不得馬上回去，便在周圍散步，離開紀念公園後，又走在田間小路上。

除了偶爾經過的汽車外，寬闊的田野顯得荒涼。

宋理巘邊走邊看著地面，以免從狹窄的田埂上跌落，他同時宣布：「我不能再像現在這樣見你了。」

崔世曝停了下來，因為牽著手，宋理巘也跟著停下，雙臂張開相連的兩人就這樣看著彼此。崔世曝烏黑的髮絲在風中飄動，當牽著的手要鬆開時，宋理巘緊緊抓住，不讓它溜走。

「我要專心準備術科考試，整天都要在補習班練習，所以不能見你。」

之前因為不知道宋理巘的靈魂何時會出現，想和崔世曝共度更多時光，所以把去補習班的時間減到最少。

但如今已決定以這個身體活下去，就不必急著和崔世曝見面了。

所謂還有明天的意思就是如此，能夠為未來做準備，而非今日。

「我會等你。」崔世曝也給了一個有未來保障的回答。

兩人十指緊扣的手變得灼熱，宋理巘臉上露出微笑，祈求自己的未來會有崔世曝的陪伴。

「嗯，等我。」

他們再次漫無目的地走著，因為不會分離，會一直在一起，所以沒有目的地的步伐也不會感到不安。

崔世暻晃了晃牽著的手問：「不能告訴我你申請了哪間學校嗎？」

「嗯，不行。」

即將迎來二十歲青春的兩人，就像朝著未來前進般，走在綿延的田埂上，不時響起的笑聲在結凍的地面上滑過。

新年已經過去了一個月，在這期間，崔世暻和宋理獻原本想去普信閣[7]聽跨年鐘聲，但失敗了（人太多了，那不是崔世暻能承受的噪音），去飯店住宿的計劃也只停留在計劃階段。

雖然已經成年，但宋理獻的術科考試還未結束，所以這段時間的生活和考生沒什麼不同。崔世暻像考生家長那樣照顧著宋理獻，他自己都未曾受到這樣的照顧，準時去補習班接他，暖暖包成了必備品，按摩和運動貼布的技巧也日益精進。

也許是努力得到了回報，宋理獻終於帶崔世暻去了他一直保密的術科考場。

兩人手牽手一起去了考場，考完出來宋理獻臉色慘白地說考砸了，那天崔世暻陪宋理獻喝了酒。

啤酒屋的服務生拿著宋理獻的身分證，仔細比對他那稚嫩的臉龐，雖然身分證看起來不像是偽造的，但宋理獻因強忍淚水而泛紅的鼻尖讓他看起來像個小孩。服務生本來擔心他連酒瓶都打不開，但宋理獻卻像喝水一樣喝著燒酒，讓服務生的擔憂顯得多餘。

剛滿二十歲的成年人在酒吧裡的反應大致分為兩種。

一種是笨拙地舉杯互敬，喝到帶有酒精味的燒酒時，皺著眉頭發出「喀呃」的聲音；另一種則是不知自己的酒量如何，卻明顯地在虛張聲勢。

然而，稚嫩的宋理獻既沒有皺眉，也沒有虛張聲勢，他就像一般人的父輩那樣，帶著苦澀打開燒酒瓶，倒滿了酒杯。他喝酒的姿態，彷彿在說這點燒酒算不了什麼，燒酒的苦味和人世間的苦楚相比根本是甜的。

宋理獻只顧著灌燒酒，沒吃下酒菜，崔世暻見狀時不時地把明太魚乾塞進宋理獻的嘴裡。

啤酒屋的服務生第一次看到有人把明太魚乾吃得如此悲傷，不禁想他究竟經歷了什麼，才會如此悲傷地含著淚咀嚼著明太魚乾呢？

注釋⑦　普信閣：普信閣的新年敲鐘儀式為韓國最具代表性的跨年活動。普信閣是一座位於韓國首爾鐘路區的鐘樓，又稱「鐘閣」，閣內的銅質大鐘是朝鮮時代的計時工具。從一九五三年開始，普信閣便會在每年十二月三十一日的午夜特別敲鐘三十三次，敲鐘的動作則象徵著除去百般煩惱、揮別過往的一年的一切、迎接嶄新的一年之意。

啤酒屋的服務生未能讀懂宋理巘喝燒酒時流露出的中年辛酸和重考的悲哀，只是覺得他很可憐，於是不停地給他送上小菜。

反觀，對十二年國民教育駕輕就熟，考試經驗豐富的崔世暻安慰他，考試結果未公布前誰也不知道，如果考試很難，大家可能都考砸了，現在下定論為時過早，不過宋理巘已篤定自己落榜，一邊啜泣一邊倒著燒酒。

「唉，我真的，真的想好好生活……這次連七級分都沒有……我這次，真的想考好的……七級分，嗚……努力有什麼鬼用……媽的，這個骯髒世道……」

宋理巘一邊喝酒，一邊不斷重複說著類似的話，終於爛醉如泥，崔世暻不明白宋理巘為何老是提到七級分，只能阻止他繼續喝酒。

儘管如此，結果倒也不錯，崔世暻輕鬆地揹起不斷想躺在街上如同在自家臥室般的宋理巘。把宋理巘送回家後，兩人一起睡在同一張床上，崔世暻盡情地親吻宋理巘那帶著燒酒味的嘴唇。

唇齒間散發的酒香格外甘甜。

隔天，宋理巘不得不忍受宿醉帶來的頭痛欲裂和如金魚般腫脹的嘴唇起床，而崔世暻則迎來了一個充滿酒香的清新早晨。

除了這些，還發生了一些小事件，隨著時間的流逝來到今天，外面正飄著鵝毛大雪。被白雪覆蓋的庭園讓人聯想到雪國景象，而玻璃窗裡的室內則充滿了暖氣散發出的暖意。

瑞山大嬸為了下週的農曆新年，開始準備年菜，今天她準備了滿滿一籃子的食材，打算做餃子放進冷凍庫。來串門子的崔世暻就像自家人一樣幫忙，這個家真正的兒子反而躲在二樓房間不下來。

「哎喲，世暻連餃子都包得這麼漂亮，將來如果生女兒一定很漂亮，聽人家說大女兒都像爸爸。」

「小孩子都很漂亮。」

崔世暻笑得像花朵般燦爛，手中捏出的餃子褶皺比花還美，餃子在他靈巧的手中，就像機器做的一樣整齊。

房裡瀰漫著蒸氣，瑞山大嬸捧著一盤剛起鍋的餃子走了出來。

「夫人，先嚐點餃子再做吧。」

宋敏書只瞥了一眼冒著熱氣的蒸餃，便繼續包著餃子，那些看起來像小孩子包的粗糙醜陋的餃子，全都是她包的。

瑞山大嬸已經習慣她的冷淡反應，很快就把注意力轉向了崔世暻。

「世暻，你應該也忙著準備上大學吧？如果考上韓國大學的話，應該也是住家裡然後通勤吧？」

前幾天，崔世暻收到了韓國大學經營學系的錄取通知，家人、親友們紛紛向他道賀，瑞山大嬸也為他準備了一桌豐盛得幾乎要壓垮桌子的晚餐來祝賀他。

「對，我會通勤。」

家裡已經為崔世暻準備好一輛車，他只要拿到駕照就可以了。崔世暻想起不久前和宋理獻一起去考駕照筆試時的情景，嘴角忍不住上揚，宋理獻連考個駕照都可以與眾不同。

「不知道理獻少爺的成績什麼時候會公布？他的壓力一定很大，我也不好意思問……」

瑞山大嬸代替不愛說話的宋敏書關心宋理獻的大學錄取結果，從崔世暻的錄取消息開始，陸續有熟人傳來子女考上大學的好消息，唯獨這家的兒子毫無音訊。

她一直以均衡營養的飲食支持宋理獻的升學，所以對考試結果非常好奇，瑞山大嬸的目光緊盯著樓梯，陷入了沉思，想著是否該趁著送餃子時順便打探一番。

這時，天花板忽然響起砰砰聲，瑞山大嬸緊盯的樓梯傳來了急促的腳步聲，那下樓的腳步速度之快，甚至一次跨過兩三個臺階，腳在半空中亂舞。

「……哇！」

宋理獻像是在嘲笑突然起身的崔世暻，踉踉蹌蹌地像在表演雜技一樣牢牢抓住筆電，穩穩地落在樓梯上。

「我……我！」宋理獻急得最後五階幾乎是一躍而下。

宋理獻過於激動，以至於說不出話來，只能喘著氣，他似乎覺得現在的身體太小，無法完全表達他現在的狀態，他跳到餐桌附近，不停地睜大眼睛、張大嘴巴、揮舞手臂，努力想表達什麼。

「我！」他怎麼也說不出話來，只好深深地吸了一口氣。

面對因為突如其來的混亂而呆住的三雙眼睛，宋理獻像是要把積聚的空氣爆發出來般大聲喊了出來。

「我……錄取了！」

他遞出的筆電螢幕上出現了錄取通知。

姓名：宋理巘

錄取科系：體育教育學系

特此通知，該學生已於202X年正式錄取。

D大學校長的字樣旁邊還蓋有方形印章，看到這個畫面的所有人，眼睛都睜得如銅鈴般又大又圓。

看到他們驚訝的表情，宋理巘不斷地捏著自己，疼痛從臉頰和手臂傳來變成了顫慄，他很確定這不是夢。

宋理巘滿懷喜悅和感動，激動得眼眶泛淚，他緊握雙拳向天高舉，大聲歡呼喊道：「我考上大學啦——」

（全文完）

番外一

運動會

宋理獻的身體會受到季節的影響。

金得八還不知道這一點的時候，他無法解釋那莫名的心煩意亂，只好半夜做伏地挺身或穿上連帽衫出門慢跑。

在月光下的小巷中來回奔跑，直到野貓放下戒心時，他才明白自己那躁動的心跳，並非心臟衰竭或心絞痛之類的心臟疾病。

在巷弄間來回跑了好一陣子的宋理獻，停下來喘口氣稍作休息時，喘到極限的喉結上下起伏，汗濕的背部快速起落。他彎腰扶膝時，風掠過他低垂的後頸，汗濕的頸背逐漸冷卻，感官變得格外敏銳。

當感官變得敏銳，空蕩的巷弄不再寂靜，以前從未意識到的空氣流動，只是輕觸皮膚就讓他感到噁心反胃。

在殘留著夏天氣息的空氣中，一陣涼風吹來，彷彿預告著秋天即將到來，這是他以前未曾感受到的季節變化。

除了體力之外一無是處的金得八，完全不會受到季節的影響，但是敏感的宋理獻卻用全身感受著季節的變化。不管是空氣的流動或是風中的氣味改變，他那敏感而細膩的感官都會被這些微小的變化所牽動。

敏感的宋理獻被不想要的變化所影響，時而感到憂鬱，時而感到疼痛，有時也會感到喜悅。

——原來這就是你所感受到的世界啊。

他在那裡站了好久，像被釘住似地抬頭仰望夜空，急促的呼吸逐漸平穩，單薄身形的皮膚上的熱氣散去，斑駁的紅暈消失時，他閉上了眼睛，集中精神感受他那瘦弱身軀所養成的敏銳感。

黃澄澄的新月高掛在空中，今夜首爾的夜景在月下如帷幕般展開。

從那之後，他像是無法駕馭沸騰的血氣般，停止了持續進行的運動，金得八接受了宋理獻的世界，他希望至少有一個人能理解那個可能在某處漂泊的孩子，所經歷與感受的世界。

即使如此，他還是會感到不安，所以用食物填補內心的空虛，這就是宋理獻朝會一結束就急著衝去福利社的原因。

「哈啊——」因為熬夜讀書，宋理獻還沒完全清醒，於是踉蹌地下了樓梯。

「咦？」穿著邋遢校服在校園閒逛的他發現周圍景象與平常不同。

這個時間福利社應該擠滿了沒吃早餐的學生，今天卻格外空蕩。平時那些像狼群蜂擁而至的傢伙都跑去哪裡了？

宋理獻一邊四處張望，一邊享受著兩個很快就會賣光的披薩麵包的奢侈，第一個麵包幾口就吃完了，他悠閒地咬著第二個麵包走出了福利社。

——今天有什麼事情嗎……

冷清的福利社讓宋理獻覺得奇怪，他四處張望，沒看到衝過來的人影，胸口突如其來受到撞擊，讓他掉了手中的披薩麵包。

「啊，對不起！」跑向福利社的女學生馬上道歉，但還是躲不過墨菲定律，披薩麵包的餡料正好黏在校服上，麵包滑落時，沾到番茄醬的地方還拉出了剛從微波爐裡加熱的起司絲。

「啊。」女學生見狀也驚訝得張大了嘴巴。

宋理獻無所謂地低頭看了看襯衫，隨手撣掉了黏在上面的碎屑。

「沒事的，妳走吧。」

真的沒關係，不小心弄髒校服而已沒什麼大不了的，家裡的洗衣機總將衣服洗得很乾淨，就算污漬洗不掉，他也不想因為毀了件衣服就對孩子發脾氣。

但是，女學生不可能知道宋理獻的真心，她拉開了身上運動服外套的拉鍊。

「請把校服脫下來給我，我立刻去把污漬洗掉！這段時間請先穿我的衣服吧！」

她認為宋理獻像她一樣在運動服裡穿著白色T恤，於是催促他快點脫掉襯衫，幸運的是，她猜對了，領口處可以看到白色T恤的領口。

「別這樣，真的不用，我沒事。」

初次見面就想脫掉陌生男人的衣服，這女學生的大膽舉動反而讓宋理獻畏縮後退了，女學生因此急得直跺腳，她擔心這位學長以後會改口說污漬洗不掉，要求賠償整套校服而非洗衣費，於是幾乎是強行地脫下了他的襯衫。

「……喂！」

「我去把它洗乾淨！」

女學生一溜煙地跑向舊館的廁所，留下愣住的宋理獻，他茫然地抓了抓後腦杓。

一陣風吹過，早落的樹葉在空蕩的校園裡打轉。

「有點冷呢……」

愣在原地的宋理獻揉了揉起雞皮疙瘩的皮膚，穿上了女學生留下的運動服。看來是考慮到長高而買大了一號，但好像高估了成長幅度，女學生個子嬌小，她的運動服宋理獻穿起來也很合身。

宋理獻看著從手肘延伸到手腕的黃色袖子，自言自語道：「一年級的學生啊。」

宋理獻就讀高中的運動服設計相同，但每個年級的顏色不同，雖然基本底色都是黑色，但上衣的兩側袖子和褲子的小腿部分會用斜線分隔，每個年級的顏色各不相同，可以藉此做分辨。

所以，能從運動服的顏色推測年級，三年級是藍色、二年級是綠色、一年級是黃色。當三年級學生畢業後，新入學的一年級生便會穿上藍色的運動服，以此方式輪換顏色。

宋理獻覺得冷，把身上穿的一年級運動服的拉鍊拉到脖子，然後在大堂裡閒逛，等待拿走他校服的女學生回來。

然而，在女學生回來之前，有人叫住了宋理獻。

「喂，那個！一年級男生！過來幫個忙！」

「什麼？」

宋理獻左右張望，空蕩蕩的大堂裡只有他一個人。

為了確認，宋理獻用食指指著自己問道：「我嗎？」

「對，就是你！那裡除了你還有誰！過來搬一下飲料！」一位穿著整套運動服、戴著太陽眼鏡的老師招手要他過去。

「我不是一年級的啊……」宋理獻搔了搔後腦杓，但還是走了過去，畢竟是老師在叫他。

來到操場上，看到觀光巴士停在那裡，巴士之間擠滿了一、二年級學生，他們都穿著運動服在聊天打鬧。

——今天到底有什麼事？

先是冷清的福利社，現在又看到一、二年級生全部穿著運動服，宋理獻好奇地轉動著眼珠。

叫宋理獻過來搬飲料箱的老師，是二年級的體育老師，他二話不說指著理獻的褲子說：「你一年級幾班的？怎麼還穿著校服褲子？沒運動褲嗎？」

體育老師看到宋理獻穿著一年級的運動服上衣，就認定他是一年級學生。

「嗯？」

「嗯」也有好幾種表達方式，根據音調結尾是平緩拉長還是往上揚，意思會有極大的差異，就像現在這樣造成對話的混淆。

體育老師將他沒聽清楚而重複問的「嗯」誤解為肯定的「嗯」，讓他忍不住咂舌。老師誤以為宋理獻是因為沒有運動服褲子才穿校服褲子，於是遞給他一條多餘的運動褲。

「哪有人會在運動會當天忘記帶運動服，這種人要是打仗恐怕連槍都會忘記帶，到了綜合運動場就先穿這個，明天記得還到二年級教務處。」

因為是二年級的體育老師，所以遞過來的運動服，其小腿部分是綠色的二年級專用款式。

「在幹麼？快上車啊！巴士要開了！」

就在這個瞬間，金妍智說過的話掠過腦海。

「運動會」——聽到從未想過的詞彙，宋理巘的思緒被打斷了。

聽說三年級不用參加運動會，只有一、二年級參加，而且因為學校操場太小，所以租用了外部的綜合運動場舉辦，而另一個理由是運動會太吵，會干擾到三年級學生讀書。

也就是說，現在停滿操場的觀光巴士，就是要去參加運動會的車輛。

掌握狀況後，宋理巘的雙眼劇烈晃動。明明應該要歸還運動褲並澄清誤會，但他卻什麼也說不出來，更糟的是手還不由自主地緊緊抓住了運動褲。

——運動會，好想去喔。

他吞了吞口水，喉結劇烈起伏。

運動會和只能在一旁觀看的校慶不同，本來已經完全放棄了，但現在前往運動會的巴士就在旁邊。

——如果偷偷上車，就能到達舉行運動會的綜合體育館。

——但是，學校怎麼辦？還得拿全勤獎……很快就要考學測了，今天還有模擬考測驗要做、要批改總複習題本，而且今天學校的營養午餐是炸豬排呢……

——不過，這可是運動會呀！

一邊猶豫一邊咬著的嘴唇逐漸腫脹起來。

曾經以金得八的身分生活過，所以知道該怎麼做才是對的，不對，其實不用活那麼久，只要是有常識的普通人都知道該歸還運動服，解釋清楚後回到教室，才是正確的應對方法。

——回教室吧！要回教室，要回教室唸書才行！

正在說服自己的宋理獻抬起頭來，眉毛緊繃成一直線，顯得格外嚴肅，手像做錯事的孩子一樣緊緊抓著二年級的運動褲。

——人生就是實戰，機會只有一次。

「呼——」他深深吸吐了一口氣。

他的眼神突然變了，渴望的眼神如同覬覦獵物的野獸般敏銳地觀察周圍，多年累積的經驗發揮了作用，他像未曾猶豫過，厚臉皮地在巴士之間穿梭，發現適合的巴士後迅速跳上車。

這輛巴士前排兩側的座位都是空的，車上的班導正在後排清點人數，其他學生因為座椅靠背的關係沒看見宋理獻上車。

宋理獻坐在駕駛座後方的座位，他脫下運動服上衣蓋住臉，假裝在睡覺。

與此同時，回到前排的班導似乎很疲倦，一坐下就嘆了口氣，清點完人數，被學生們折騰得筋疲力盡的班導沒有特地再確認前排的座位，也沒有掀開睡著學生的運動服看臉。他猜想可能是班上暈車嚴重的學生在車子出發前就睡著了，再加上這時正是司機上車準備出發的時間。

「司機大哥，我們班都到齊了，可以出發了。」

「好的，那我們就出發吧！請大家繫好安全帶。」

坐在駕駛座後面，靠著窗戶假裝睡覺的宋理獻也摸索著繫上了安全帶。車門關上後，觀光巴士的輪子開始沉重地滾動。

等巴士離學校已經夠遠無法返回時，宋理獻才稍微掀起運動服看向窗外，望著平凡道路的白皙臉龐上滿是純真的期待。

⚘ ⚘ ⚘

第一節課的鐘聲響起，大型觀光巴士陸續駛離了學校。

在不知道有個失去理智的三年級學生跟隨一、二年級參加運動會的情況下，三年級的教室開始上課了，進入三年一班教室的國文老師先叫醒了像秋陽下晾曬的辣椒般趴在桌上的學生們。

「都給我起來！學測沒剩幾天了，怎麼一大早就開始睡覺！轉眼間就要考試了，從現在開始就得要調整生理時鐘以適應考試啊！」

「啊……老師……」

竟然一大早就提到學測，學生們不只是完全清醒，還一邊揉著起雞皮疙瘩的手臂一邊發出哀嚎。不過，國文老師對學生們的誇張反應置之不理，環顧了一下教室，讓準備起身行禮的崔世暻坐下。

「不用行禮了，那邊的空位是誰的？」

「宋理巘。」班上的學生們齊聲回答。

國文老師挑起濃密的眉毛，翻閱點名簿，在貼有證件照的頁面確認了宋理巘的名字和樣貌。今年以來他的學習態度優秀，老師對他印象深刻，成績雖然未如預期，有點令人惋惜，但他是一個有禮貌的好學生。

「宋理巘今天沒來學校嗎？」

「早自習時還在教室，他說要去福利社就出去了。」

崔世暻已經半坐起身，問道：「要去找嗎？」

——這小子，身為班長倒是挺有責任感。

國文老師在心裡稱讚了崔世暻的品行，示意他坐下說道：「不用了，等一下他應該就會回來了。」

認為時間到了他自然會來，國文老師決定先等十分鐘，便打開了教科書。高三學生一天中大部份時間都坐著，其中一個常見的問題不就是便祕嗎？為了避免到處找人反而在廁所撞見的尷尬，國文老師是特意不去找宋理巘的。

「開始上課了！專心一點！」

為了讓學生們清醒過來，老師故意大聲講課，不知不覺已經過了十分鐘，專注教課的國文老師竟然就這樣把宋理巘給忘記了。

為了讓學生們有地方休息，沿著邊緣搭起了寬敞的帳篷，綜合運動場上的人造草皮綠意盎然。

這秋高氣爽的天氣非常適合舉行運動會，校長在臺上的訓話結束後，運動會正式開始，各班紛紛散開準備加油，現場氣氛十分熱鬧。

宋理巚無法融入三三兩兩結伴而行的氛圍中，為了掩飾自己的尷尬，不自覺地捏了捏褲子又鬆開。他一下巴士就立刻跑到廁所，把校服褲子藏在廁所的儲藏室裡，現在穿的是舒適的運動褲。

宋理巚穿著一年級的運動服上衣和二年級運動褲，年級看起來很模糊。雖然他這副樣子很可疑，但因為是陌生的面孔，經過的學生只是疑惑地看著他，並沒有想要確認他是幾年級幾班的。

宋理巚就這樣一個人到處走動，相比之下，教室裡至少還有座位可以坐，而綜合運動場就如同茫茫大海，他無法融入熙熙攘攘的學生群中，只能獨自一人行動且顯得極為尷尬。

「前面那位！不好意思！」

雖然是用來叫住陌生人的稱呼，但宋理巚聽到有人呼喚自己時仍滿面笑容地轉過身來。

叫住他的是之前在學校福利社撞到他之後去洗校服的女學生。她顯然沒想到會在這裡碰到拿走她運動服後消失得無影無蹤的學長，她生怕錯過宋理巚，連忙快步跑了過來。

「請把我的運動服還給我！」她遞出不得不帶來的宋理獻的校服襯衫，洗好後因為無處可放只能帶在身邊，不過襯衫前襟還是濕的，無法立刻穿上，但污漬已經被洗得一乾二淨。

「哦？啊……這裡。」宋理獻脫下運動服上衣還給女學生，並拿回了自己的校服襯衫。

拿回運動服的女學生原以為宋理獻是三年級學生，覺得他出現在運動會上有些奇怪，但看到他穿著二年級的運動褲，便沒再追問就離開了。

「現在該怎麼辦。」孤零零留下的他撓了撓後腦杓。

沒了一年級的運動服上衣，穿著白T恤和二年級運動褲的宋理獻，看起來就像個二年級學生。

他用羨慕的眼神望著運動場上組成隊伍的同班同學。

「那個項目我也很厲害。」可是沒有人可以一起……宋理獻慢慢走動不甘心地看著那些組成隊伍的學生們。

「理獻哥？」喊著的同時，語氣中帶著懷疑，擔心自己看錯了。

因為不確定所以聲音顯得小又模糊，但對宋理獻來說卻非常清楚，清楚到只憑背後的呼喚就能立刻認出是誰。

「道英啊！」他是校慶時認識的漫畫社二年級男生。

「哥！」

當對方認出那熟悉的背影確實是宋理獻時，瞪大了眼睛，比宋理獻更驚訝地像機闖槍一樣連珠炮似地發問：「真的是理獻哥嗎？哥你怎麼會在這裡？怎麼來的？學校呢？老師知道哥你在這裡嗎？」

金道英緊握著雙手表示關心，宋理獻雖然心存感激，但可惜的是金道英的擔憂並不是宋理獻所關注的重點。

他趁機搭著金道英的肩膀，將對方拉到沒有人的陰暗角落，那副模樣像極了流氓引人入巷勒索錢財的情景，但金道英卻渾然不覺，單純地擔心著宋理獻。

「哥，你不該在這裡吧？」

「那個之後再慢慢說。」

宋理獻把金道英拉到廁所大樓的陰暗角落，背對運動場，像做壞事的人一樣悄悄地問：「你們班有空位嗎？」

「空位嗎？班上怎麼可能會有空位？」

宋理獻才不關心這些。

金道英的出現，是宋理獻混入那些正在享受運動會孩子們之中的絕佳機會。

⁂

一、二年級去參加運動會，本該安靜的校園卻忽然變得喧鬧起來，因為三年一班的學生們正為了尋找失蹤的宋理獻在校內四處奔走，最終來到了宋理獻最後被目擊的福利社。

「阿姨，宋理巚有來嗎？」

「理巚嗎？早上有來過，之後就沒再來了。」

宋理巚相貌清秀但看起來有些脾氣，表面冷淡卻又有親切的一面，是深受福利社阿姨喜愛的 VIP。如果宋理巚早上之後又來過福利社，阿姨不可能不知道，連她都說不知道的話，那麼宋理巚的行蹤可以說是在早自習結束到來福利社之後就消失了。

宋理巚就像被人用修正帶抹去了般消失不見，留下的空白激發了極端的想像。聚集在福利社前的學生們眼神充滿了不安。

「這孩子又跑到哪裡……」接下來的話太可怕了，金妍智趕緊用手掌摀住了自己的嘴。

一起來的學生們似乎也有相同的想法，臉色變得蒼白。

這時某個勇敢的人開口說：「該不會是在揍人吧？」

說話的人是那個總是對宋理巚耍嘴皮子，結果每次都被踢一腳的傢伙。

見識過改變後的宋理巚的學生們無法否認，只能沉默不語，如果說有什麼值得慶幸的，那就是現在不用擔心他被打了。

❧ ❧ ❧

「哇啊啊啊啊——」

橫跨廣闊天空的萬國旗在熱烈的吶喊聲中飄揚，陽光越發炙熱，學生們沉睡的鬥志也逐漸甦醒。在學校這個有限的空間裡積壓已久的勝負欲和鬥爭心，隨著熱血流動與汗水一起釋放出來。

寬廣的運動場因學生們的運動比賽而熱鬧沸騰。

「勝利吧！勝利吧！」

經典永恆不變，雖然歲月流逝，世事改變，但運動會的魅力依舊如初，雖然隨時代變遷會增加一些新的比賽項目，但最精彩的項目還是一樣。大多是接力賽、拔河、過人橋[8]等簡單且大眾化的比賽，即使是沒受過教育的人也懂規則。

此刻，充滿活力的綜合運動場上，二年級的過人橋比賽正在如火如荼地進行著，若不是在草地，學生們激烈的奔跑肯定會揚起一大片白茫茫的塵土。

「快點！快點！」

學生們像活生生的蜈蚣不斷地向前移動，如鐮刀般彎下腰形成道路，站在上面的女學生踩著其他學生的背向前衝刺，為了奪冠，他們互相催促，加快了速度。

「啊！」

一名女學生被在前方快速衝刺的同學撞倒，可能扭到了腳踝，無法再站起來，其他學生在她旁邊大喊「快點，快點」，奔跑的學生們正試圖踩過她，嚇壞的女學生用

注釋⑧　過人橋：過人橋是慶尚北道民俗中的女子遊戲，一排女子搭成人橋，被選為公主的少女從橋上走過。https://www.youtube.com/watch?app=desktop&v=dNFpD3jcsiY

手臂護住頭，然而等了很久，卻沒有感受到任何的撞擊。

她的頭上出現了一片黑影，有人抓住她的手臂把她拉起，並摟著她的肩膀一起跑，幫她的男學生留著一頭短髮，身材瘦小但卻很結實。

「你是誰？」女學生問扶她起來的男學生，但對方沒有回答。

不知不覺間，她和男學生一起加入了過人橋的隊伍，彎下了腰，趴著的背被赤腳踩過，女學生再次被男學生拉起，兩人互相搭著肩膀。

「喂，妳把重量放在我身上。」

男學生說完後，拉著女學生如連體嬰般跑了起來，他汗濕的體溫透過肌膚相貼傳遞過來，男學生用身體護住女學生，幫她擋掉兩側衝撞過來的其他學生，每當體格健壯的學生擦身而過，那震動感便會透過相貼的身體傳遞過來。

女學生偷瞄幾乎是抱著自己在跑的男學生，兩人的身體緊貼在一起，雖然看不見他的臉，但那剛落到頸後的短棕髮，以及隱約可見青色血管的頸項，都讓女學生心跳加快。

她努力壓抑著心中的悸動，與男學生步調一致地進行過人橋遊戲。

「哇啊啊！」

最後，她的班級奪得冠軍，勝利的歡呼聲響徹全場，女學生欣喜若狂地環顧著歡呼的同學，然後轉頭看著和自己一起的男學生。

「謝謝你，不過你是誰……咦？」不過女學生身邊卻空無一人。

那個全程陪著她玩過人橋的棕髮男學生——宋理巘早已消失得無影無蹤了。

二年級的學生們熱烈地討論著一個在操場上來回奔馳的男學生，大家七嘴八舌，顯得興致勃勃。

「剛才玩大風吹遊戲時跑得很快的傢伙是誰呀？也太厲害了吧！」

「聽說是今天轉學到五班的學生。」

「不是啦，我剛剛看到他在二班跑來跑去的。」

「聽說是三班的人？三班不是有個學生受傷去醫院了嗎？聽說他是代替那個同學跑的，老師也同意了。」

沒有人知道這個只要有空位就隨處加入比賽的轉學生到底是哪一班的，他就像《威利在哪裡？》[9]裡在人山人海中無處不在的威利，但沒有人知道他的全名。

而此時，唯一知道宋理巚真實身分的金道英，正坐在帳篷的蔭涼處，悠閒地吃著冰棒。

金道英因為跟宋理巚的腳尺寸一樣，當初借他運動鞋時，不知該哭還是該笑，但現在反而覺得能借鞋給他真像是天賜的好運。向來討厭體育課的金道英覺得運動會很痛苦，但今年多虧了宋理巚，才能在涼爽的陰涼處悠閒地度過。

幫助宋理巚參加運動會的可不只有金道英一人。

注釋⑨　威利在哪裡？：一套由英國插畫家馬丁・韓福特創作的兒童書籍。這套書的重點就是在一張人山人海的圖片中找出一個特定的人物——威利。

「咦？理獻哥？真的是理獻哥嗎？」

偶爾有漫畫社的學生認出宋理獻，驚訝得瞪大了眼睛，他們心裡最大的疑問是「應該在學校讀書的學長為什麼會在這裡？」為了三年級漫畫社的學長姐們準備的學測加油禮物巧克力的名單上，也有宋理獻的名字，所以他們看到他出現在運動會上都感到難以置信。

「你們班有空位嗎？」

宋理獻豎起食指放在唇上要求大家保密，接著就像對待金道英那樣，直接詢問班上是否還有空位，還沒有反應過來的漫畫社學生們，自然而然地帶著宋理獻去了自己的班級。

每個班都有不喜歡體育的學生。宋理獻在漫畫社學生的幫助下，不分班級地參與了二年級學生的比賽。

他目光如炬地觀察，只要有學生因受傷而退賽或是不想參加而拖拖拉拉，他就立刻代替上場。但在加油應援方面，宋理獻恪守義氣地只幫最初接納他的金道英所在的五班加油打氣。

五班和六班的帳篷挨在一起，加油時彼此競爭了起來，六班用盡了所有加油口號，甚至唱起了為音樂考試而背的歌。在這種情況下，音準和節奏根本不重要，聲音大的才是贏家，因為歌唱考試大家都記得歌詞，為了打擊對手，他們扯著嗓子大聲喊唱，製造了噪音公害。

「Che bella cosa 'na jurnata 'e sole！⑩」（美好的一天，陽光普照的日子！）

然而，在宋理巘颯爽飄揚的旗幟前，六班的士氣瞬間低落了。燦爛陽光下搖曳的旗幟顯得雄偉壯觀，昔日在街頭鬥毆時揮舞幫派旗幟的功力未失，旗幟完美地畫出「8」字形，宋理巘聽了幾次孩子們唱的加油歌後，很快就學會了，也跟著大聲地唱起了加油歌組曲。

「那傢伙……」競爭心切的六班啦啦隊隊長怒瞪著宋理巘，像是下了什麼決定，忽然高舉手機走上前。

感到困惑的孩子們目光全部集中在六班啦啦隊隊長的背影上，從他的手機中傳出了排行榜冠軍舞曲的音樂，他的腰隨著強烈的節奏靈活地擺動起來。

孩子們被他華麗的舞姿和表演所吸引，揮舞著加油棒，狂熱地呼喊：「哇啊！金！志！元！金！志！元！」

甚至連五班的孩子們也無法從六班啦啦隊隊長的舞蹈中移開視線，熱烈的氣氛和注意力從五班轉移到了六班，跟不上時下孩子們潮流的大叔跟不上舞步，懊惱得咬牙切齒。

不能就這樣輸掉，學業上可以輸，但在玩樂上輸掉，這是他無法容忍的。咬牙切齒的大叔像是下定決心似地揮舞了旗桿，唱起了他過去在酒館裡用筷子敲

注釋⑩　Che bella cosa 'na jurnata 'e sole！：《我的太陽》（義大利語：'O sole mio），是一首創作於一八九八年的拿坡里（拿波里）歌曲，歌詞表達了對太陽和美好生活的讚美，充滿著愉悅和希望。

桌子時經常唱的經典歌曲，他只要一唱這首歌，手下們就會自動跟著大合唱。

「來——出發吧——前往東海的海邊！」

永遠的加油歌曲《獵鯨》[11]響徹雲霄，飄揚的旗幟莊嚴而肅穆，與《獵鯨》的悲壯相互輝映，讓人心跳加速，猶如戰鼓在耳邊轟鳴，心中感到激昂的五班孩子們很快就加入了宋理巘的行列，而六班也不甘示弱地應援。

在一片混亂如煉獄的加油聲中，宋理巘隨意塞在行李堆裡的手機震動聲根本沒人聽得見，持續嗡嗡作響的手機終於停止了來電，未接來電顯示多達七十二通。

⸙ ⸙ ⸙

他不接電話。

崔世暻將轉到語音信箱的手機從耳邊移開，強迫自己舒展快要皺起的眉頭。

鄭恩彩在旁邊懷著一絲希望問道：「理巘還是不接電話嗎？」

「對。」

「家裡也說他不在，到底去了哪裡？」

她咬著大拇指，絞盡腦汁地想著宋理巘可能去的地方，但沒有想到任何特別的地方——家裡、和崔世暻一起去的讀書室、網咖、汗蒸幕、咖啡廳、撞球館……學校附近所有可能去的地方都找遍了，卻連宋理巘的影子都沒看到。

和鄭恩彩朝相反方向搜尋學校附近的老師走進教務處說：「鄭老師，附近也沒有人說看到他。」

這位老師拿宋理獻點名簿上的照片給附近的店家老闆們看，並問他們有沒有見過這名學生，大家都搖頭表示沒見過。

「學校裡沒找到，正門、後門的監視器也沒拍到……」

去確認了監視器畫面的老師在腦中一邊回想，一邊說道：「除了載一、二年級學生去運動會的觀光巴士之外，沒有人離開學校。」

「他不會真的翻牆出去了吧？那裡的圍牆那麼高，應該很難翻過去吧。」

目前三年級教務處已經進入緊急狀態。

普通學生在校園裡失蹤就已經是個問題了，更何況現在失蹤的學生，還是過去承受校園暴力的受害者，這使得事情變得更加嚴重，曾經遭受危險的受害者有可能會再次受到傷害。

雖然校園暴力加害者洪在民那群人不在學校，但也不能掉以輕心，和洪在民有交情的不良少年可能會以報復為由傷害宋理獻。

鄭恩彩一想到這裡，擔心到無法控制發抖的四肢，跌坐在椅子上，腦海中像播放電影般一直出現宋理獻在暗巷遭到集體毆打的畫面，讓鄭恩彩不由自主地用發抖的手按下了 112 報警。

注釋⑪　獵鯨：獵鯨（고래사냥）這首歌是宋昌植（송창식）於一九七五年發行的歌曲。

「唉，鄭老師，再找找看吧。」學年主任一邊阻止鄭恩彩，一邊用手帕擦著光禿禿頭頂上的冷汗，擦到連手帕都濕了。

「他確實有來上學，而且是在學校裡不見的，現在還不到半天的時間，就算報警他們也不會受理的。」

雖然他說得沒錯，但並不能帶來任何安慰，對殘酷的現實一點幫助也沒有。鄭恩彩把緊握手機的雙手貼在額頭上，像在祈禱似地低聲呢喃。

「理獻啊，你到底去了哪裡？至少也接個電話吧……」

心急如焚的不只鄭恩彩一人，崔世暻的心早已燒成灰燼，難以言喻。之前宋理獻失蹤時留下的傷痕尚未癒合，那天真正的宋理獻就這樣冒著大雨逃走了，到處尋找卻一直沒能找到，那時的罪惡感深埋在心底，直到真正的宋理獻回來。

在這種情況下，假的宋理獻失蹤了，他的失蹤成為了導火線，讓崔世暻埋藏已久的傷痛浮出了水面。

「呼——」崔世暻刻意深呼吸，試圖緩解快要窒息的感覺。

宋理獻是發生了難以啟齒不得已的情況而暫時離開？還是遇到來不及告別的急事？就這樣永遠見不到了嗎？還是回來時會是真正宋理獻的靈魂？焦慮感無限蔓延，讓崔世暻很快就想到了最壞的可能。

珍視宋理獻的心情此刻反而成了毒藥，崔世暻撫摸著自己變得蒼白的臉。

儘管心中閃過許多憂慮、怨恨和憤怒，但最後他只希望宋理獻平安無事。

❧ ❧ ❧

接近午餐時間，頭頂上的太陽正熾熱地燃燒著。

砰——當信號彈劃破天空，兩側對峙的學生們蜂擁而上，奔向地上那條長長的拔河繩，那股氣勢猶如犀牛群衝破水面般凶猛。

站在前頭的宋理巘一邊拉著繩子一邊大喊：「加油！我們可以的！」

收緊腹肌，從丹田深處發出的渾厚吶喊如同濃烈的牛骨高湯，激發了鬥志，鼓舞了士氣，同陣營的孩子們拉著繩子，大家團結一心，沒有人敷衍了事。

「一、二，一、二！」眾人齊聲吶喊，隨著喊聲拉動繩索，綁在繩子中間的紅絲帶在草地中線上來回擺盪，對手的氣勢也不容小覷，看來勝負難分。

這時宋理巘突然大喊：「躺下——」

拉繩子的孩子們配合指令突然向後仰，原本在白線上輕舞的紅絲帶隨他們越過了白線，頑強抵抗的對手也踩踏著地面被拉了過來，勝負已定。

嗶——

「哇啊啊啊！」

哨聲響起，小旗幟在獲勝隊伍上方揮舞，勝利的喜悅如煙火般綻放，伴隨著外賣食物的香氣四處飄散，學生們歡呼相擁，因汗水和體力消耗而變得扁平的肚子此時紛紛抗議。

「去吃午餐吧！」

雖然今天才第一次見面，宋理獻卻像是個老朋友般，和金道英班上的同學們圍坐在一起吃飯。

他搖晃著手中的炸醬麵碗，看著保鮮膜下的炸醬麵跳躍翻騰，讓人口水直流。

當宋理獻用木筷刮去碗邊的保鮮膜，豪邁地撒上大量辣椒粉時，一名正在分發外賣的學生開口說道：「咦？少了一碗炸醬麵。」

因為宋理獻這位不請自來的客人加入，導致按人數訂的外賣不夠了，宋理獻悄悄放下炸醬麵碗，苦惱著自己該如何向沒拿到炸醬麵的人解釋，並遞出自己已經拌好的炸醬麵。

「這是為你特地拌好的，覺得你可能愛吃辣，所以我加了很多的辣椒粉。」

「這裡還有一碗。」

當另一群人中有人遞來多出的炸醬麵時，宋理獻立刻把臉埋進自己的碗裡，大口吸食著麵條。

中華料理店老闆特地為班導多準備了一份，但班導師和其他老師另有午餐安排，結果宋理獻獨享了這份免費的大餐。

「你真的很厲害耶，有在運動嗎？」

吃了一口稍微緩解了饑餓感後，金道英的朋友們開始對宋理獻表現出興趣，這個被金道英帶過來且今天才轉學的同學，似乎不知道「生疏」為何物，一來就立刻參與了體育比賽。

如果沒有這位拚盡全力的轉學生，藍白兩隊的分數恐怕會有所不同。

金道英的朋友們對轉學生既感謝又高興，於是直截了當地發問：「你今天剛轉學來的嗎？你叫什麼名字？」

「金得八。」

「噗嗤——」

這名字讓在一旁吃著炸醬麵的金道英嗆到了，宋理巘連忙拍打他的背，其他孩子們的反應也和金道英差不多，宋理巘稍微等了一會兒。他知道自己是偷偷混進運動會的，用真名可能會有麻煩，所以用了靈魂的名字，這個罕見又親切的名字似乎讓現在的孩子們大感震驚。

「你的名字真的是金得八嗎？」

「嗯。」

「真的嗎？是本名嗎？」

「怎麼了？很奇怪嗎？」

宋理巘嘴角微微上揚，抬起頭與對方對視，那雙清澈的眼眸閃耀著光彩。

原來的宋理巘總是用瀏海遮住臉，所以沒人知道，但其實他那膚色較淺的臉有些特殊，加上他又直視著大家，孩子們不由自主地縮了縮身子，假裝從未想要取笑這個轉學生的名字。

「不，不是啦，我只是覺得特別才說的，誰說奇怪了？」

「就是嘛。這名字現在不常見，覺得很新奇才這樣的，得八啊，你也吃點糖醋肉吧！要喝可樂嗎？」

宋理巘欣然接受了孩子們遞來的糖醋肉，配合他們轉移了話題，當他咬下糖醋肉時，酸甜的醬汁蓋過了先前炸醬麵留下的油膩感，每次咬到裹著麵衣的豬肉時，肉汁溢出，讓味道變得更加美味。

這美味真的是太棒了，果然食物的美味全靠調味料。

「不過你以前住哪裡啊？為什麼我覺得你很面熟？我們是不是在哪裡見過？」有個男學生歪著頭說，同時似乎在回想是否曾在午休時間見過宋理巘在操場踢球。

當初撒謊說宋理巘是轉學生的始作俑者，也就是金道英，像是突然有了責任感一般，主動挺身而出為宋理巘辯護：「得、得八的確是今天轉學過來的，這小子有點大眾臉。」

「他的臉一點也不大眾啊。」男學生瞇著眼睛，仔細盯著宋理巘的臉看。

這時候如果解釋反而顯得心虛，宋理巘理直氣壯地與他對視，然後大口吸了一根炸醬麵，這時旁邊的另一群人突然吵了起來。

「喂！別淋醬汁呀！啊，完蛋了！醬汁全淋上去了！」

「你幹麼這樣？糖醋肉本來就是要淋醬吃啊。」

「沒禮貌的傢伙，你一個人獨吞嗎？」

「什麼？獨吞？難道糖醋肉要蘸醬[12]吃嗎？你是想刮破嘴嗎？」

「吃那個會刮破嘴？怎麼可能？你乾脆把可樂的氣都放光再喝啊！」

「大家別吵了，這麼好的日子，為什麼要吵架呢？」

旁邊那群人的爭執越演越烈，金道英這邊也有幾個人看不下去站起來勸架。宋理巘稍微看了一眼，覺得只是兩個嗓門大的男生互相撞幾下肩膀就會結束的爭吵，於是他熟練地把醃蘿蔔放在油膩的麵上捲起來吃掉，果然流汗後吃的炸醬麵特別美味。

⁂

鄭恩彩和崔世暻沒吃午餐。

午休時間一到，鄭恩彩讓一起尋找宋理巘的同學們去學生餐廳吃飯，但崔世暻默默地搖了搖頭，他的意思是不吃午餐也要找到宋理巘。

崔世暻是宋理巘最要好的朋友，鄭恩彩心想他一定也跟自己一樣心急如焚，所以沒有阻止他。

「世暻啊，我們先去附近的汗蒸幕看看，那裡也沒有的話就去報警吧。」

「好。」

兩人經過學生餐廳朝停車場走去，不遠處有其他班的學生正走向學生餐廳，這和平時第四節下課鐘響後，學生們像發狂的牛群般衝向學生餐廳的景象大不相同。察覺到這種違和感的崔世暻不自覺地皺起了眉頭。

注釋⑫ 韓國人最愛爭論糖醋肉究竟是蘸醬吃，還是淋醬吃。在麵衣外表淋上醬汁，吃的時候比較不會刮傷口腔上顎，蘸醬時，若麵衣太硬，容易刮破嘴。

崔世暻不喜歡午休時間，雖然錯開時間，分批用餐，但在全校學生聚集如菜市場般吵雜的學生餐廳裡吃飯，就像吃乾燥的沙子一樣難以下嚥。

不過，今天去學生餐廳的路上顯得格外冷清，來用餐的高三學生也都不疾不徐地慢慢走去。因為一、二年級出校參加運動會，留在學校的三年級學生少了競爭者顯得從容不少。

運動會。

改變後的宋理獻熱衷參與學校活動，就像個因無法上學而心存遺憾的人，連校慶時他都會擠在學弟妹中間幫忙準備，這樣的宋理獻，對運動會當然也不會例外，他肯定會瘋狂地投入其中。

「老師。」

「理獻他聯絡你了嗎？……世暻啊？」

鄭恩彩急忙回頭，卻看到崔世暻露出帶著殺氣的微笑，肩膀不由自主地顫抖。那個笑容就像孫悟空發現自己被困在佛祖掌中玩弄時，將滿腔怒火轉化為笑容，此刻的崔世暻正是這個模樣。

「我好像知道宋理獻在哪裡了。」崔世暻輕聲說道，說完後還輕輕咬了咬牙。竟然到現在才想起運動會，真的是太奇怪了。

運動會的高潮和壓軸就是接力賽，因為這項比賽的配分最高，讓比分落後的白隊還有機會逆轉勝，藍隊則全力防守，奮力抵擋白隊的反擊。

選手們在各自的陣營前嚴陣以待，活動著腳踝和肩膀，等時間一到，大家便聚集於跑道內。

他們的步伐如赴戰場般沉重，身後則響起震耳欲聾的歡呼聲。因為一、二年級共同參賽，啦啦隊的陣仗更加浩大，和之前在帳篷前揮舞加油棒不同，這次大家都走出帳篷，圍繞在接力賽的跑道周圍。

老師們不敢貿然加入精力充沛的學生群中，只能坐在帳篷下的塑膠椅上觀賽，他們輕聲安慰著負責主辦活動的體育老師，等待接力比賽開始。

這時，接到電話的二年級學年主任走進了帳篷問道：「運動場上有個叫宋理獻的男生嗎？聽說他留著短髮，皮膚白皙。」

學年主任剛送上午受傷的學生去醫院治療回來，才剛抵達運動場就接到學校找人的電話，但不知道要找的人是誰，於是詢問其他老師，可惜三年級學年主任提供的特徵過於籠統。

「男生頭髮都很短啊，而且都忙著讀書，沒怎麼曬太陽，皮膚都很白。」

「名字叫宋理獻嗎？運動場上確實有個新面孔，不過聽說他叫金得八，是五班的轉學生。」

「我們班嗎？我們班沒有轉學生啊！」正在享用水果餐盒、兩頰鼓鼓的五班班導驚訝地否認了。

五班班導也知道有轉學生，不過因為宋理獻總是自願參加任何有空位的比賽，便以為他是其他班的學生。

宋理獻在為五班加油時，五班班導以為是其他班的朋友來幫忙；去巡視班上同學午餐狀況時，因為忙著調解糖醋肉爭執的問題沒注意到宋理獻。

當金道英發現班導來了，轉身要提醒宋理獻迴避時，宋理獻早已帶著炸醬麵悄悄地消失了。

「我聽說得八是三班的轉學生。」

當五班班導說出自己所知的事實時，這次輪到三班班導否認了。

「我們班也沒有轉學生啊！」

「我聽說他是二班的轉學生……」

「我聽說是一班……」

突然間，冰冷的寂靜蔓延開來，那種「不是我就是你，不是我們班就是其他班」的模糊信念崩塌的瞬間，老師們陷入了沉默，當發現大家都搞錯了，那個學生根本不屬於任何班級時，老師們像見鬼了一樣，感到背脊一陣發涼。

「我們這個年級沒有轉學生。」學年主任再次強調。

「根本不會有人在運動會這天轉學，通常是隔天才會來的。」

這麼一聽，這話確實有理，那麼，從運動會開始就在運動場上熱情奔跑的那個轉學生到底是誰呢？而且他還穿著二年級的運動褲。

「那麼，那個孩子究竟……是誰？」

坐在帳篷下的老師們不可能不知道，他們都知道「金得八」這個轉學生。

他留著短髮，皮膚白皙，瓜子臉上的五官像洋娃娃般精緻，但臉上卻又帶著一定要贏的狠勁，體格雖然不是很高大，但每次跑步時，白色的T恤貼在身上，露出結實的胸膛和肌肉分明的腰線，看起來格外敏捷，即使只是擦肩而過也會讓人忍不住回頭，有著特別的魅力。

金得八這個轉學生也在接力賽選手們分兩列坐著的地方，他才剛轉學來第一天，就以難以置信的親和力融入了二年級的學生中，金得八戴著孩子們給他戴上的派對太陽眼鏡，脖子上掛著夏威夷花環，還和旁邊的女學生開著飲料瓶的玩笑。

這與上午只穿著白色T恤和運動褲的樣子大不相同。

特別短的棕色頭髮被汗水浸濕，呈現凌亂的狀態，象徵藍隊的藍色髮帶橫跨在頭髮與額頭的交界，不易曬黑的皮膚，隨著紅潮退去恢復了原本的膚色，他那張臉與其說是白皙，不如說是清透明亮。

短髮和白皙的臉龐，這些先前被隨意忽略的特徵，如今彷彿從矇矓水岸撈起的石頭，散發出強烈的存在感。

一旦將特定人物列為嫌疑人，廣泛的特徵描述便都與之吻合了。

二年級的老師們像是事先商量好似的，全都將注意力集中在金得八的身上。

此刻，他正長按著汽笛加油喇叭，發出「叭——」的聲音。

「難道……他是？」

這一刻，冒充二年級學生一整天的三年級學生的身分要被揭穿了。

跑道外的觀眾席反應兩極。

一開始就遙遙領先的白隊似乎勝券在握，開始嘲笑藍隊，顯得游刃有餘；被激怒的藍隊不願放棄，高唱加油歌震撼全場，但差距卻還是越拉越大。

幸運女神並未眷顧展現頑強意志的藍隊，反而選擇了白隊。

藍隊和白隊的接力跑者正拚命地奔跑而來，輪到宋理獻準備上場時，同班的女同學拉住了他。

「得八啊，你會去聚餐吧？」

「看情況。」

宋理獻摘下了頂部是蛋糕蠟燭造型的太陽眼鏡和夏威夷花環，慢慢地開始做熱身運動，二年級五班的學生們為他的登場獻上震耳欲聾的歡呼聲。

「金得八——金得八——」

在二年五班同學們的全力支持和同意下，接力賽選手換成了宋理獻，因為有了原本選手的讓賢他才能出戰，所以他更不能輸掉這場比賽了。

「得八，加油！」

他輕輕揮手回應，然後走向跑道，將手向後伸準備接棒，做好起跑準備。雖然這是他第一次參加接力賽，但因為模仿了先前出發選手們的準備姿勢，看起來還挺有模有樣的。

白隊的接力選手率先抵達，將白色接力棒交給了下一位選手，下一位選手起跑時，藍隊的選手仍滿臉通紅地拚命奔跑。即使白隊已經遙遙領先，宋理獻依然沉著地等待。

「給你……」藍隊的接力選手為了盡快傳遞接力棒，將手臂伸得筆直，看起來就像要往前摔倒一樣。

「辛苦了。」接過接力棒的宋理巘簡短地說了句鼓勵的話，隨即如離弦之箭般衝了出去。

宋理巘那瘦長的雙腿像草食動物般修長，緊繃的肌肉充滿力量，完全不必擔心他的穩定性，他的長腿一觸地，另一條腿立即伸展，動作宛如水黽在水面滑行跳躍般迅速敏捷。

「哇！」

加油的學生們發出了驚訝的讚嘆聲，他們已經知道今天展現非凡實力的轉學生體能出眾，但沒想到他還能成為致勝的關鍵。當逆轉的曙光出現時，加油聲就像速燃炭一樣熊熊燃起。

「衝刺啊——」

宋理巘加快了奔跑的速度，耳邊呼嘯的風聲讓加油聲變得微弱，現在他已經能看到前方不遠處白隊接力選手的背影，可能是周圍的加油聲變得異常，白隊接力選手感覺有些不對勁，於是回頭看了一眼。

「呃……」

贏了。

宋理巘臉上露出了會心的微笑，對方回頭看了，這意味著他的專注力已經被打破，當他親眼目睹如同失速列車般緊追在後的宋理巘時，接下來就是該動搖他心志的時候了。

果不其然，白隊接力選手大吃一驚，想要加快速度，但雙腿卻突然無力，即使勉強穩住搖晃的雙腿繼續奔跑，也無法恢復之前的速度，反而越跑越慢，腳步沉重地踩在跑道上，此時，宋理巘正以那如水黽般的跑步姿態迅速拉近距離。

被老虎追趕的兔子大概就是這樣的心情吧，白隊選手因為宋理巘的猛烈追擊而感到不寒而慄。即使拚命奔跑了，還是有種會被吞噬的不安感，於是又一次犯了回頭看的錯誤。

「呃啊……」

凶猛地追上來的宋理巘，彷彿是美術課本裡那種目光如炬的民俗畫老虎，白隊的接力選手咬緊牙關拚命奔跑，卻還是被反超了。

宋理巘超越了白隊接力選手，白隊選手逐漸落後，消失在視野中，在彎曲的跑道上，沒有人能阻擋宋理巘的前進，只要這樣一直跑到終點，藍隊就能獲勝。

為勝利做出關鍵貢獻後，宋理巘感到心臟怦怦直跳，澎湃的喜悅傳遍了全身。

他希望孩子們看到自己時歡呼，雖然他不喜歡成為焦點，但努力獲得的認可總是美好的，運動鞋在跑道上豪邁地伸展，豐富的想像力為他的運動鞋插上了翅膀。

宋理巘希望孩子們能為自己大聲歡呼。

帶領藍隊取得勝利的自己！受到勝利女神庇護的自己！全能運動健將的自己！

然而，和宋理巘的期待相反，孩子們並沒有看著他，大家都目瞪口呆地看著其他地方。

——怎麼了？他們在看哪裡？

宋理獻一臉茫然，甚至忘了自己正在比賽，順著孩子們的目光看向後方。

「……呃！」宋理獻驚訝得睜大了眼睛。

本該待在學校的崔世暻正在跑道上奔跑，他平時覆蓋額頭的輕柔瀏海，現在完全被掀起，露出形狀優美的額頭，因為大腿肌肉隆起，讓校服褲子緊繃不已，他全速奔跑，襯衫下襬從褲子裡跑出來飄動。

和經常裸露上身的宋理獻不同，崔世暻總是把衣服穿得緊緊的，不過此時他露出的肌膚白皙，起伏的腹肌清晰可見。他俊秀漂亮的臉蛋與強壯的體格形成強烈對比。

「……崔世暻。」有人喊了他的名字。

喊他的學生臉上寫著「那位學長怎麼會在這裡？」就像金春洙[13]的《花》詩句「名字被呼喚便成了花朵」，當崔世暻的名字被喊出時，他的存在感如花朵般燦爛了起來。

「……崔世暻！」

就這樣，沒有人指使，但學生們彷彿全被感染似的，揮舞著手臂開始高喊崔世暻

注釋⑬ 金春洙（김춘수，Kim Chun Su，1922-2004）是韓國最受喜愛的詩人之一。《花》是他最著名的一首詩，寫於早年，幾乎各個選本或譯本都收入了這首詩，是韓國最喜愛的詩歌之一。

的名字。

「崔世暻！崔世暻！」

去年擔任全校學生會會長的崔世暻，因為長得帥氣、待人親切且成績優異，沒有人不認識他。崔世暻從白隊接力選手手中接過白色接力棒繼續奔跑，白隊正式開始為崔世暻加油。

崔世暻笑得燦爛，宋理巘則一臉震驚。宋理巘此刻不再是為勝利而跑，而是為了躲避崔世暻，但是，兩人的體格差距很大，崔世暻憑藉著遠勝宋理巘的長腿全力奔跑，很快就追上了宋理巘。

「還挺好玩的嘛。」崔世暻低沉的嗓音輕輕掠過宋理巘的耳際。

正如金春洙的另一首《為花而作的序詩》詩句所言，此刻的崔世暻宛如一頭危險的野獸，他越是惱怒，笑容就越燦爛，笑容就是最好的證明，隱藏在他那燦爛笑容背後的漆黑瞳孔裡充滿了深沉的怒火。

「氣色看起來也不錯。」

雖然只是吃了一頓午餐，但和滴水未進的崔世暻相比，宋理巘不但吃了炸醬麵，還吃了不少零食，喝了運動飲料，臉上散發著光澤，宋理巘耗盡所有卡路里狂奔，崔世暻則靠怒火追趕。

「你，該死的……崔世暻！」

「我是不是妨礙你了？」

崔世暻故意不超前，緊跟在宋理巘身後低聲說話，不知內情的白隊看到崔世暻追來便歡呼起來，藍隊則喊著加油。

「得八，衝啊！」

噗嗤——聽到藍隊孩子們喊宋理獻的名字，崔世暻冷笑了一聲，頸後傳來的笑意讓宋理獻莫名感到丟臉，身體發熱，雙腳不自覺地加快了速度。

是什麼讓他感到丟臉？是靈魂那老土的名字？還是冒充二年級學生參加學弟妹的運動會？還是恰巧被崔世暻給逮到？

想把原因逐一分析，結果越分析越覺得丟臉。

「再跑快一點啊！逃課逃得這麼好，可不能被抓到。」崔世暻刻意壓低聲音，只讓宋理獻聽見，其他聲音都被加油聲淹沒了。

宋理獻後頸起雞皮疙瘩，轉頭一看，立刻被崔世暻嚇得驚慌失措，那漆黑的眼眸中閃爍著瘋狂，這是一個優雅發瘋的恐怖分子，宋理獻從為了勝利而跑，變成為了活命而跑。

「你這個混蛋……乾脆先超過我吧！」

「不要，我還想再玩——鬼抓人。理獻啊，快點跑，再跑快一點。」

崔世暻明明可以超越宋理獻，卻故意貼在後面低聲耳語，看到那個讓他心急如焚的宋理獻沒事地在跑道上興奮奔跑，崔世暻的理智斷了線，極度的憤怒讓他衝進了接力賽的跑道。

「別被我抓到，理獻啊——被我抓到你就死定了。」

宋理獻很清楚崔世暻為何像個瘋子讓人毛骨悚然，但他卻連脾氣都無法發作，他知道自己不該偷偷參加運動會，也知道應該聯絡學校，免得他們擔心。但是，運動會實在太有趣了。

和朋友們一起奔跑、歡呼、合作、全心投入，因結果而哭泣或歡笑，這般無憂無慮地聚在一起玩耍，只有在那個年紀的校園裡才可能實現。

高中生的玩樂總是充滿了生命力，如果不知道這種樂趣就死去的話，恐怕會感到十分遺憾。

如果聯絡了學校，可能會在運動會中途被拖回去，所以宋理獻故意不看手機。因為他想要完整地參與第一次也是最後一次的運動會。

果然，還是不想就這樣被抓住。

「……咦！」

最後，宋理獻為了甩開崔世暻，直接衝出跑道逃走，朝著與終點線完全相反的方向跑去。

「得八！不是那裡！」

「回來啊！」

脫離跑道的宋理獻朝著一個意想不到的方向奔去，眼看就要跑到終點線卻突然改變方向，為他加油的學生見狀氣得跳腳，不幸中的大幸是，崔世暻也像個失控的火車頭一樣緊跟著宋理獻跑去。

⁂

運動會最終以藍隊獲勝落幕，原本看似跑錯方向的宋理巚，勉強恢復了理智地回到了跑道，並在接力賽中獲得了勝利。

崔世暻以些微差距追上宋理巚，並越過了終點線。

白隊的孩子們對那微小的差距感到可惜，只有宋理巚知道崔世暻是故意慢了一步抵達終點的。

以金得八之名參加運動會的三年級生宋理巚的真實身分曝光後，崔世暻的出現便有了合理的解釋，二年級的學生們得知自己和三年級學長一起參加了運動會，起初難以置信，後來白隊提出異議，聲稱這違反了公平性。

他們強詞奪理地表示，由於有非選手的三年級學生參加，所以比賽無效，要求重新比賽決定勝負。

不過，若細究他今天一整天的行蹤，二年級各班中沒有一個班級是宋理巚沒有參與的，例如，他參加了一班的拍球比賽、二班的鬥雞遊戲、三班的踩高蹺、四班的足球決賽等等，每個班級都有宋理巚作為選手參與的比賽。

每當二年級學生指著宋理巚問「他是誰？」時，漫畫社的孩子們便會經過並順口回答「轉學生」這才讓事情變得可能，就像來源不明的都市傳說般，轉學生的謠言不知從何而起，卻迅速傳開了。

無論白隊還是藍隊，每個班級都有因為宋理巚的參與而受益，因此並無公平性的問題，勝負結果未變，但是和五班展開啦啦隊對決的六班啦啦隊團長以充滿血絲的眼睛怒瞪宋理巚許久。

一整天都在烈日下奔跑，又為了比賽加油吶喊，熱情用盡的學生們聚集在閉幕式上，個個都累得筋疲力盡，運動會大獎頒給了獲勝的藍隊，各年級也頒發了金獎、銀獎和銅獎。不分藍隊或白隊，各班還得到了啦啦隊獎、團隊合作獎、清潔模範獎等多種獎項，也有像人氣獎這樣的個人獎項。

閉幕式結束後，二年級學年主任和鄭恩彩就宋理獻的懲處展開了討論。

「好、好的，就這樣，其他的我們回學校再談。」

「好的，辛苦了。」

在附近的二年級班導們對宋理獻的班導鄭恩彩投以同情的目光，居然有三年級生混進二年級的運動會……光是聽著就讓人頭皮發麻，不難想像鄭恩彩平時有多辛苦。

「謝謝您照顧理獻。那麼我就先離開了。」

鄭恩彩不斷向二年級的老師們鞠躬，臉上帶著歉意和尷尬的微笑，表示給他們添了麻煩，一直到轉身離開時，鄭恩彩還帶著不好意思的微笑道謝，但稍微走遠之後，她立刻像夜叉般變了臉色。

「宋理獻！」

她目光如炬，像要射出雷射光搜尋宋理獻，在崔世暻的監視下獨自待著的宋理獻站了起來，恭敬地鞠了個躬。

「老師好。」

他那恭敬的態度像極了黑幫分子對待老大，又有些像逃家後被抓回家的鄉下小狗般顯得膽怯。

「理巘……你！」鄭恩彩的表情非常嚇人。

她心急如焚到處尋找宋理巘，擔心他出什麼意外，當她看到宋理巘安然無恙地在綜合運動場上奔跑時，頓時整個人虛脫跌坐在地。

鄭恩彩開車到綜合運動場停車場時，心裡已經打定主意要好好教訓宋理巘，以杜絕類似事件再次發生，然而，當她看到宋理巘平安無事後，突然哽咽說不出話來，淚水很快就充滿了眼眶，宋理巘見狀嚇得不知所措。

——完蛋了。

他對眼淚最沒轍了，尤其是女人的眼淚，如果是男人哭了，他還可以拍拍對方的背說「小子，振作點」，但面對女人的眼淚，他完全不知該如何是好。

宋理巘當下毫不猶豫地道歉：「老、老師，我錯了，都是我的錯。」

但是，鄭恩彩為了不讓人看到她眼眶中打轉的淚水，轉身背對著他，看著她瘦弱的背影微微顫抖，宋理巘更加慌亂，覺得自己就像是一個連資源回收都不配的廢物。

「我剛剛大概是瘋了。」

慌亂的宋理巘伸手想拉住鄭恩彩，但卻不敢碰她一下，顯得左右為難。

「因為我沒有上過學，所以一聽到運動會就興奮過頭，才會……老師！」他只能拚命地用嘴巴解釋，畢竟嘴還能動。

那句話猶如一根鋒利的針，像刺破水球一樣刺中了鄭恩彩的淚腺，她「嗚」的一聲忍不住哭了出來，聽到哭聲的宋理巘差點跌坐在地，勉強才站穩了腳跟。

真正的宋理巘雖然上過學，但要說他「上過學」卻有些勉強，學校不僅是學習的場所，也是與朋友們交流、團結合作，通過各種活動培養社交能力並留下回憶的地方。然而，真正的宋理巘在學校裡可能從未經歷過這種互動或團結，也正因為這份遺憾，他才會想到去參加學弟妹們的運動會。

「理巘啊，老師沒能察覺到你的心情……」鄭恩彩感到心痛不已。

「老師知道你過去兩年來上學有多艱難，老師應該多關心你的……你是有多麼遺憾才會偷偷跑到這裡……甚至不敢跟老師說……」

「老、老師，我……其實……」

「理巘啊，老師，嗚，老師對不起你……老師應該要更關心你的……」

「啊，不，不是那樣的……就算不是那樣，我、我說我沒有上過學這種話其實是……」

鄭恩彩誤會了。

從她的話中可以聽出，她是在為真正的宋理巘感到抱歉，如果好好利用這一點，也許可以避免挨罵，至少能止住鄭恩彩的淚水。不過這樣做……真的可以嗎？感到混亂的宋理巘，眼神忽然改變，就像今天早上決定去參加運動會時一樣。

然後，宋理巘吞了吞口水，用有點不自然的語氣說道：「我今天試過了，感覺好很多了。」

「……理巘啊！」

知道真相的崔世暻在後面皺眉，明顯帶著「不是這樣吧？」的意思，宋理巘看到後瞪了他一眼，默默地施壓讓他閉嘴，只有鄭恩彩什麼都不知道，覺得真正的宋理巘很可憐，抱著他嗚咽哭泣。

到了學校後，宋理巇先是被班上同學教訓了一頓，再被教務處的老師們斥責了一番，可謂是左右受敵、四面楚歌，先是消失得無影無蹤讓人擔心，然後又平安歸來讓人鬆了一口氣，這種反覆折騰他人情緒的罪過，他可是付出了慘痛的代價。

最後，被學年主任痛罵一頓後，宋理巇得在輔導室寫完悔過書才能回到教室，已經過了放學時間，班上同學應該都回家了，教室裡靜悄悄的，只有窗邊的窗簾隨風輕輕飄動的聲音。

「回來了啊？」

本來以為教室裡沒人的，結果崔世暻還在，他坐在窗邊的桌子上，像是一直在等宋理巇似的，拿起他的書包站了起來。

不只是一整天奔跑為大家加油打氣的宋理巇，就連為了尋找宋理巇而提心吊膽的崔世暻也筋疲力盡了。

兩個疲憊的人拖著沉重的步伐下樓梯時，崔世暻提議道：「要不要召集班上同學一起聚餐？」

宋理巇不解地看著他，不知道他在說什麼。

「運動會最有趣的就是賽後的慶祝聚會。」

學校活動結束後，領零用錢的高中生們通常會去吃到飽的烤肉店，這幾乎已經成為一種固定流程。

事已至此，崔世暻想讓他盡情地享受運動會的樂趣，但宋理巇揮了揮手說：「算了吧，沒必要叫那些正在唸書的孩子來。」

崔世暻聳了聳肩，本人都說算了，也不好強行拉他去，他們經過校門時，宋理巘沒有走向停車的巷子，而是站在對面的巷子裡，崔世暻覺得奇怪便開口問道：「你不回去嗎？」

「你不是說要賽後慶祝嗎？」

聽到他說不跟班上同學去，但要和自己去，崔世暻感到無語，不禁露出苦笑說：「我不用唸書嗎？」

「我除了你，還能跟誰玩？」

真的很神奇，只是表現得親切了一些，完全沒有一點撒嬌，單憑一句爽快的話，一整天的心累和身體疲憊就這樣化為烏有了。

這太犯規了，崔世暻皺起鼻子，不想輕易妥協，但手卻自作主張地掏出了手機。反正今天也沒辦法唸書了，崔世暻先給在校門外巷子裡等候的司機發了訊息讓他先離開，然後帶路前往去年和班上同學一起去過的吃到飽烤肉店。

天色漸暗，街燈亮起，剛下班的上班族和前往補習班的學生們湧上了人行道，崔世暻端正地背著後背包，宋理巘則將背包背帶集中在一邊肩上，兩人並肩行走，小心避開人群。

當無聊的閒聊停止，只是默默走路的時候，宋理巘忽然笑了出來。

「你笑什麼？」

「沒什麼。」

明明疲憊得連嘴角都裂開了，宋理巘卻完全不覺得痛，笑得酒窩深陷。

「因為開心。」

讓老師們和班上同學們擔心了，宋理巘感到很抱歉，但就算時間倒流回到今天早上，他還是會做出相同的選擇，體驗這輩子從來沒想過會參加的運動會。

雖然不能說已經體驗了學校生活的各個方面，但參加過校慶和運動會之後，有種感覺自己也過了和別人一樣的平凡人生，只是校慶和運動會而已，卻能感到如此滿足，真的很奇妙。

「真他媽該死的幸福。」

不用特別解釋，崔世暻就能聽懂他的意思，知道他靈魂處境的崔世暻大致猜到他所說的幸福，於是隨意附和說道：「幸福本來就沒什麼特別的。」

「就是啊。」

宋理巘的背包晃動著，形狀有些突出，因為獎盃沒能完全塞進背包，所以拉鍊無法完全拉上，獎盃的一角從背包裡冒了出來。

這座獎盃是頒給人氣獎得主的，和獎狀一起授予，為了降低成本而粗製濫造的空心金色獎盃，在城市的燈光下反射出耀眼的光芒。

（完）

番外二

早晨足球會：愛與嫉妒（上）

這是在眾多公寓大樓中的一間普通的家庭住宅。

客廳裡飄散著晚餐時的大醬湯味道，一位穿著睡褲的女學生橫躺在沙發上，獨占了整張沙發。

她是三年一班的申智秀。

在學校裡，她總是披著長髮，散發高冷的氣質，讓許多男同學心動不已，但在家裡，她則將長髮如髻般高綁在頭頂上，並堅持穿著舒服的衣服，她還戴上了洗臉用髮帶固定零散的髮絲，完全不容許有絲毫的不適。

申智秀考上了首爾一所排名中間的大學，她仗著這份大學錄取通知書，在家中稱王稱霸。她獨占了沙發，隨意切換電視頻道，沒多久她把頻道鎖定在因為準備學測而錯過的熱門綜藝節目上，享受著玩手機的奢侈。

然而，她卻突然皺起了眉頭說：「啊，好煩喔。」

才成年滿兩個月的她，剛到了可以合法喝酒的年紀，所以到處都有朋友約她喝酒，但偏偏她真正期待的人卻毫無消息，這讓她感到十分煩躁。

「乾脆豁出去，主動聯絡他？」

如果不這麼做，對申智秀不感興趣的宋理獻，上大學後肯定會和她斷了聯繫。

申智秀喜歡宋理獻。

契機是三年級上學期的班費失竊事件，當時宋理獻阻止了被誣陷為小偷的洪在民使用暴力，那穩重的背影讓申智秀對他心生愛意。

即使宋理獻每次吃營養午餐時都像解酒般大口喝湯、期中考試幾乎墊底、講大叔笑話讓氣氛冷場，申智秀仍然覺得宋理獻很帥氣。

六月模擬考那天，她以密室脫逃咖啡廳為藉口，順利要到宋理獻的手機號碼，還沒來得及高興，宋理獻就把密室逃脫咖啡廳的門弄壞後就走掉了。

有一次，她因為太過焦躁，偷偷地把巧克力放進宋理獻的置物櫃，本來想觀察他的反應，如果宋理獻有意交女朋友就告白，但他在班上同學面前明確表態說不會和任何人交往，申智秀只好含淚打消告白的念頭。

多虧如此申智秀得以專心讀書，順利考上了首爾的大學，但看來可能會錯過宋理獻了。

她連宋理獻考上哪所大學、哪個科系都不知道，現在這個時候，錄取結果應該都公布了，但在班上的聊天群組裡，宋理獻卻始終保持沉默。

當班導在群組裡提醒大家記得確認畢業典禮的日程時，他也只是跟著班上同學們回答了一聲「好！」而已。

「他的頭像怎麼搞的啊，又不是中年大叔，為什麼……」

申智秀噘著嘴，放大了剛回覆「好！」的宋理獻的個人頭像，那是一張團體照，在燈光明亮的足球場背景中，中年男子排成兩排站著，當中只有宋理獻一個人是青春洋溢的十幾歲少年。

儘管如此，他那不知為何而笑的調皮笑容依然讓申智秀心動不已。

愛情真是讓人傷感又無奈啊……才剛成年的女高中生飽受愛情的折磨，她憐惜地撫摸著宋理獻的臉龐。

「咦？」

過了一會兒，她突然跳了起來，放聲大喊：「爸！爸！」

「爸的耳朵沒聾。」手拿大包蝦餅的男人慢悠悠地走出來坐在沙發上，中智秀立刻遞出自己的手機。

照片上宋理獻蹲在前排，而她的父親則站在他的身後。

「爸為什麼會和宋理獻一起拍照？」

「宋理獻？他是誰啊？」

中智秀因為意外的巧合而焦急不安，和她相比，她的父親反而顯得淡定。

當照片被放大時，他才想起來，不停地點頭說：「啊，那個朋友——對，名字好像是宋……什麼的，爸不是從上週開始參加足球晨練會嗎？他是足球隊的成員，跟妳同年。」

「足球會？爸會踢足球？」

「我的寶貝女兒啊……我們住在同一個屋簷下，妳竟然不知道爸爸平常都在做些什麼。」

中智秀瞪大了眼睛，宋理獻竟然會做那種只有大叔才做的事情？雖然無法理解，但現在這不是重點，中智秀不會放過這個因父親而與宋理獻產生的交集。

「我也要去！」

「妳去那裡幹麼？天氣很冷，而且一大早妳又起不來。」

「啊——爸啊！」

「吵死了，妳不看電視的話就把遙控器交出來！真是的，考上大學後完全就像個流氓。」

「爸啊——」

「哎喲，女兒啊，我的寶貝女兒啊，爸的耳膜快要震破了。」

在學校裡，申智秀那飄逸的長髮撩動了無數男生的心弦，但在家裡她只是一個備受呵護愛撒嬌的獨生女。

❧ ❧ ❧

二月的日出時間比較晚，天還沒亮的凌晨時分一片漆黑，球場兩側的投射燈顯得格外刺眼，打開燈光是為了讓運動員能在晨露覆蓋的球場上奔馳。

「傳球！傳球！」

球場上一群男人正熱血沸騰地踢著足球，只有一名黑髮男孩獨自坐在場邊長椅上。雖然是男生，但比起英俊，用漂亮來形容更為貼切，他健壯的體格近似成年人，但臉上未經歲月淬煉的輪廓依稀可見幾分少年的稚氣，他那層層疊疊的濃密睫毛散發的華麗感，以及纖細柔和的唇線和粉嫩的唇色，都印證了這一點。

在強烈燈光的照射下，崔世暻白皙的臉顯得格外蒼白，而柔美的輪廓所投射的陰影則突顯了他敏感且細膩的形象，在這張俊美的臉上，隱約透露出內心深處的殘忍與暴戾。

對崔世暻這個男生來說，這個世界無聊至極，讓他感到厭倦且煩燥，這個世界太過美好平和，無法展現他陰暗的本性，他絲毫不想融入這個世界，他之所以能一直忍受崔明賢的壓迫，全靠放棄和冷漠，以及對父親早已失去的敬意。

崔世暻並不刻意在這個世界上彰顯自己的存在，他對這個美好卻乏味的世界失去興趣，在崔明賢的監視下，冷漠地過著如同標本般的生活，那裡看不到崔世暻粗暴的天性，只有一個可作為楷模的正直少年。

去年三月，崔世暻僵化的世界才變得生動起來，若要指出具體時間，應該是他遇到改變後的宋理獻，當尋尋覓覓的宋理獻以完全相反的形象出現時，他才真正踏入了這個無趣的世界。

他不再露出善良的微笑，也不再裝作親切，他懷疑、追問、打架、威脅，這些在崔明賢的監視之下壓抑的扭曲本性，終於完全展露，不過崔明賢所擔心的事並沒有發生。宋理獻接受了崔世暻並承擔了一切，讓崔世暻隨心所欲。

只有在宋理獻身邊，崔世暻才能做真正的自己，這是他這一生都不會放開宋理獻的理由。

雖然經歷了一番波折，他們終於確認了彼此的心意，但這段關係之所以能夠實現，全靠真正的宋理獻做出了犧牲，因為宋理獻的靈魂離去，肉體才得以留下，靈魂的犧牲讓他們之間的關係緊密相連，外人無法介入。

崔世暻為了維持和保護這段關係，已經做好了不惜一切代價的準備。

然而，在上大學前這個該盡情玩樂的時期，一大早天還沒亮就起床參加由一群中年男人們組成的足球晨練會，這可不在他的計劃之內。

——這比在藥泉亭踢毽子強吧！

崔世暻努力往好的方面想，他安慰自己只要宋理獻開心就好了，但這種自我安慰並沒有效果。

無論崔世暻多麼隨遇而安，在學測結束即將上大學最該盡情玩樂的時候，一大清早和一群可以當他父親的大叔們一起踢足球，實在無法讓他感到愉快。

不過宋理獻似乎很愉快。穿著厚重長版羽絨服的他正大喊著要對方傳球，邊跑邊喊：「傳這裡！好！好！」

崔世暻本來一直緊盯著場上情緒高漲的宋理獻，但因為無聊，眼神逐漸變得渙散無神，無聊之餘，他開始回想起往事。

崔世暻本來打算一成年就預訂飯店，沒錯，他的確有這個打算，但沒被父母發現，反而被男友發現的那個瞬間，計劃也就泡湯了。

他本來想至少安排一趟國內旅行也好，但因為宋理獻要準備體育教育學系的術科考試，一月份抽不出時間，只好退而求其次，想在附近氛圍不錯的飯店過夜，於是問宋理獻喜歡哪種房間，但沒有得到回答。

崔世暻困惑地回頭時，卻看到宋理獻臉上充滿紅暈，不知道他在腦海中想像什麼，只見他結結巴巴地說：「你……你……這個孩子怎麼這麼……不害臊！」

「我只是想牽著手睡覺而已，這樣也不行嗎？」因為宋理獻的反應出乎意料，崔世暻說了些違心之論。

在搜尋飯店的時候，他真的只是想在一個氣氛好的地方和他共度美好時光，儘管可以用性愛來度過美好時光，但預訂飯店並非只是為了性愛。

即使是為了做愛而去，他們已是情侶關係，而且都二十歲了，剛告別青春期的崔世暻，從成年的一月一日開始，對性的好奇心轉變為慾望是很自然的。坦白說，崔世暻想和宋理獻發生性關係，這種慾望隨著時間推移越發強烈。

崔世暻想和宋理獻做愛。

不管做什麼，結果如何，他知道床上那些未知的行為可能會不如預期，也在網路上搜尋了無數次，得知肛交並不如想像中美好，但是想和宋理獻做愛的慾望卻越來越強烈。

崔世暻回想著和宋理獻接吻的情景自慰，而宋理獻卻像古代的夫子般嚴厲訓斥，這讓他感到混亂。

——因為我是男人才這樣嗎？還是因為我們的靈魂年齡差距太大？

崔世暻有時會胡思亂想，自己對男友宋理獻，是否具有性的吸引力？宋理獻所說的「喜歡」是兼具精神共鳴和肉體快感的愛情呢？還是像爺爺疼孫子般的寵愛呢？

——我真的是在談戀愛嗎？還是在盡連對親生父親都未曾做過的孝道？

「唉……」崔世暻嘆了口氣，想藉此抹去腦中紛亂的思緒，同時揉了揉被寒風凍得通紅的鼻尖。

他想暖暖因久坐而發冷的身體，於是打開了保溫瓶，頓時溫熱的蒸汽和陣陣香氣飄散，當他準備將玉竹茶倒入杯蓋時，一個影子籠罩在他的頭頂上。

「崔世暻？真的是世暻嗎？」

突如其來的相遇讓崔世暻一時間沒認出來那是誰，直到仔細打量，才從濃妝中認出熟悉的面孔，她是同班同學申智秀。他心情本就低落，她又像蒼蠅般煩人地纏著，讓他難以壓抑煩躁。

不過崔世暻還是按照崔明賢的教誨，裝出一副親切的模樣，雖然因為清晨聲音有些沙啞，但還是足夠發出親切的聲音。

「嗨。」

因為來到父執輩的足球晨練會場地，申智秀覺得不大自在，這時見到同齡的崔世暻太過高興，未經允許就坐到了長椅上。

她熱情地跟許久不見的同班同學搭腔：「哇，世暻啊！沒想到會在這裡碰到你，太開心了。」

「你也是足球晨練會的隊員嗎？」

崔世暻原本溫和的臉色變得陰沉，但很快又恢復了原樣。

「嗯。」

「哇，學測都考完了還來運動，真是了不起。」

——有什麼了不起的，不過就是考上大學後，立刻追著參加足球晨練會的男友來到了球場啊。

表面看似親切的崔世暻內心其實很不爽。

「哈啾！」申智秀在寒冬裡穿著黑色絲襪和短裙，冷得打了個噴嚏，隨即拉緊了短款麂皮夾克，蜷縮著身子，即使如此，她還是冷得發抖，牙齒不斷地打顫。

——大冬天的還穿絲襪，真是瘋了。

全副武裝穿著長版羽絨外套和禦寒用品的崔世暻，內心對申智秀感到無語，但他卻用親切的表情掩飾，給她遞上一杯熱飲並說：「喝吧。」

跟著戀人參加足球晨練卻只坐著發呆的傻男人，將保溫瓶蓋裡的玉竹茶遞給了這個為了給喜歡的人留下好印象而穿得快要凍死的傻女人。

「真的很謝謝你，世暻，啊，感覺有暖和一點了。」

申智秀接過熱飲緊緊握著，感受杯蓋穿透手套傳來的熱度，看到她那可憐兮兮的模樣，崔世暻把自己準備的毯子遞給了她。

「你今天救了我一命。」

申智秀收下崔世暻默默遞過來的毯子，滿懷感激地連連道謝。

因為一直跟著宋理巘準備考試和參加晨間足球會，崔世暻練就了打包冬季訓練裝備的本領，他從運動包裡拿出了像疊積木一樣整齊堆放的禦寒用品。

過了一會兒，申智秀用厚厚的毯子裹住雙腿，圍上圍巾，戴上耳罩，揉搓著暖暖包，小口品嚐著玉竹茶。

「世暻啊，真的，多虧有你我才沒凍死。」

「妳怎麼會來這裡？」聽膩了感謝的話，崔世暻轉移了話題。

「那邊在跑步的大叔是我爸爸。我在宋理巘的通訊軟體頭像裡沒看到你，沒想到會遇見你，真的太巧了。」

「那張照片是我拍的。」

崔世暻知道申智秀說的是哪張照片，於是隨口敷衍了一下。

那是前幾天，大家因為球踢得特別好而感到興奮所拍的照片。

一直自顧自說個不停的申智秀突然壓低了聲音：「世暻啊，有件事……」

「理獻他考上大學了吧？」

「嗯。」

「考上哪間大學了？」

崔世暻不想回答她，但崔明賢的教育原則不允許他忽視那雙閃爍的眼睛。

「D大體育系。」

「那麼……」申智秀扭捏著身子猶豫不決。

要跟崔世暻吐露連朋友都不知道的心事，讓她感到害羞，拖了好一會兒才終於鼓起勇氣問道：「理獻有女朋友嗎？」

如果說崔世暻是那種熟識後會想炫耀的人脈，那麼宋理獻就像是鄰家大哥哥般的存在，假日時穿著運動服，拖著拖鞋去便利商店買便當的那種大哥哥，跟他裝親近時會覺得煩，但還是會說「挑妳想吃的吧」這樣的傲嬌形象。

在戀愛方面，比起想炫耀的人脈，那些傲嬌的鄰家大哥哥更讓人心動，所以同年級的女生中有很多人喜歡宋理獻。

申智秀因此心急如焚，還沒等到崔世暻回答就急著追問：「你跟理獻很熟吧？」

就因為這句話，敏銳的崔世暻立刻察覺申智秀為何會坐在這裡，以及她為何會穿一件短到可能被父親痛打一頓的裙子。

「我們很熟。」崔世暻臉上禮貌的微笑變得更加明顯。

——這女生又該怎麼甩開呢？

崔世暻對於男友受到女性的喜愛感到很無奈，但此時只能忍住心中的嘆息，現在他們在同一間學校，崔世暻還能處理，但上了大學就無法像現在這樣形影不離，也不能掌握所有的人際關係。

因為是同性戀，所以他們可能得假裝單身，一想到那些想接近宋理獻的狗男女，崔世暻已經咬牙切齒了。

「你能幫我一下嗎？」申智秀從來不拐彎抹角，她很著急，又想趁宋理獻不在時請崔世暻幫忙。

在場上的宋理獻此時如逆流而上的鮭魚，帶著球穿過中年大叔們，根本沒發現申智秀來了。

申智秀貼得很近輕聲耳語，近到壓皺了崔世暻的羽絨外套，崔世暻沒有避開，反而彎下腰來，兩人在臉頰幾乎相碰的距離下，交換了祕密的請求。

「我喜歡理獻，在上大學斷了聯繫之前，我想不留遺憾地試一試。」

「這樣啊？」崔世暻的微笑加深了，他的憤怒越是濃烈，笑容就越像盛開的花朵般燦爛。

黑色的瞳孔透明地反射著光芒，像在評價似地打量著申智秀，在班上她是個相當受矚目的學生。

發生失竊事件時，是她挺身而出說出了班上同學們的想法，隔天也是她打破了大家對於是否該跟宋理獻道歉的猶豫氣氛。

她果斷爽朗，看到不合理的事絕不忍氣吞聲，錯了也會很快承認，這種性格在戀愛中應該也不會改變，那麼她應該會選擇直接約對方出來表白，而不是偷偷地請第三者幫忙，這不像她的作風。

「這樣的話，妳直接告白不是更好嗎？」崔世暻純粹出於好奇地問道。

「……你要保密喔。」

「嗯。」

「其實我去年偷偷把巧克力放進理獻的置物櫃裡，但理獻看到巧克力後說他不會跟任何人交往，所以就算表白也只會被拒絕吧。」

再怎麼果斷，對從未談過戀愛的二十歲女生來說，告白後被拒絕還是很丟人的，說話時申智秀似乎也覺得丟臉，揉了揉自己發燙的臉。

「感覺應該要一起玩，變得親近，慢慢培養好感，可是理獻實在太難接近了。」

「理獻確實很難接近。」崔世暻也回想起過去那段艱難的日子，表示認同。

不知道崔世暻為何能感同身受的申智秀，只因為有人理解她著急的心情就感動得眉頭緊皺。

「是吧？所以，世暻啊，你一定要幫我，好嗎？」

申智秀緊握雙手，更貼近了崔世暻。

「……」

崔世暻重新衡量了一下情況。

以申智秀的性格來看，不親自嘗試她是不會放棄的，除非她知道宋理獻已有交往對象，不過，崔世暻並不打算告訴她自己和宋理獻在交往，而且申智秀所期待的幫助，頂多就是幫她安排一次見面的機會。

理所當然，崔世暻也會陪同在場。

崔世暻非常篤定，宋理獻不會拋下自己去追求申智秀，因此判斷不如乾脆安排一次見面了結此事。

「好。」崔世暻輕輕點了點頭。

「世暻，謝謝你！」

申智秀欣喜若狂想要擁抱崔世暻的時候，正好上半場比賽結束，場上的球員們回到休息區而被打斷，一群以中年人組成的球員們喧鬧地走了過來。

「咦，這是誰啊？怎麼有個沒見過的小姐在這兒？」

「哦，是我女兒，她說想來看看。」

「是申部長的女兒嗎？就是那個考上首爾某間大學的？」

當長輩們走近時，申智秀站起來很有禮貌地跟大家打了聲招呼：「大家好！」

「哇，太厲害了，考上了首爾的大學。」

圍著長椅的大叔們，開始你一言我一語，熱烈地稱讚申智秀。

「別提了，她花的補習費多到嚇人，我的骨頭都快被榨乾了，不過幸好她像她媽一樣聰明，順利考上了首爾的大學。」

「哎呀，真是個孝順的女兒啊。」

「她和理獻是同班同學，所以她今天是來看朋友的。」

申智秀的父親是足球晨練會的會長，早上開車來的時候，對女兒的話似聽非聽的，但真到了實戰，卻按照女兒的指示，熟練地說出了臺詞。

「什麼？妳是理獻的同學？哦，那妳也是世暻的同學嘍。」

中年男人們對這驚人的巧合感到神奇，把站在後面的宋理獻推向了長椅。

「我們小宋也是高中生呢！我老是忘記！聽他講話感覺跟我同年齡。」

「我已經成年了，大哥。」宋理獻像泥鰍般躲開了想摸他頭頂的手，站到了申智秀面前。

申智秀像跟長輩們打招呼那樣，開朗又自信地朝宋理獻揮了揮手，「理獻啊，你最近過得好嗎？」

「……」

宋理獻沒有回應，因為他正用嘴咬住手套的食指部分，努力脫下手套，厚重的防寒手套似乎不容易脫下，宋理獻咬住手套末端，微微抬起下巴，表面上他看起來像在慢慢脫手套，但其實他的目光一直在觀察申智秀。

宋理獻把申智秀從頭到腳打量了一遍，從她身上蓋的毛毯到戴的耳罩、圍巾，再到手中的暖暖包和長椅上的保溫瓶蓋，全看了一遍才將嘴裡的手套吐出來。

「妳過得好嗎？」

「嗯，聽說你考上大學了，世暻告訴我的……」

申智秀後來嘰嘰喳喳地說了些什麼，宋理獻完全沒聽進去，她身上的那些東西，都是崔世暻為自己準備的，看到別人用那些東西，宋理獻心裡莫名地不舒服，站姿變得不大自然，內心泛起「妳這個狐狸精？」之類的敵意。

——……天氣太冷才借給她的吧？

宋理獻試著讓自己不要太在意，對一個小女生心生嫉妒，實在太難看了。

宋理獻狠狠地瞪了一眼，正想把怒火轉向借出那些東西的崔世暻，這時足球晨練會的會長叫住了崔世暻：「世暻你也該踢一場吧？」

「那我試試？」總是婉拒的崔世暻站了起來，他轉動腳踝，稍微舒展身體，然後在原地跳躍熱身。

「世暻，加油！」申智秀主動接過崔世暻的長版羽絨外套，為他加油打氣。

崔世暻答應幫忙後，申智秀立刻對他產生了同隊的戰友情，甚至拍了拍崔世暻的背鼓勵他。

此時，有一個男人正以微妙的表情看著這兩個人。

平常應該是宋理獻在用的禦寒用品，兩人在長椅上臉貼臉緊挨著坐的姿勢，毫不避諱的親密接觸。

宋理獻先是三七步站立，接著又交叉了雙臂，他蠟白的臉上只有臉頰微紅，隱約流露出一絲難以掩飾的不悅。

不知為何，同班同學的出現讓他感到十分煩躁。

足球晨練會結束回家後，宋理巘總會在早上補眠，他用熱水淋浴放鬆了肌肉後，便整個人撲進床裡，這樣就能達到完美的睡眠條件。

曾經因敏感體質而飽受失眠困擾的他，現在如果沒有鬧鐘響或有人叫醒，他都能一覺睡到天亮。

「嗯……」熟睡中的宋理巘感覺有人爬到自己身上，在矇矓中醒來。

那個人沒有施加任何重量，只有影子籠罩著他，唇上傳來的冰涼感讓他皺了皺眉，但很快認出那冰涼的東西後，臉上不自覺地浮現酒窩。

崔世暻騎在他身上，咬著草莓輕柔地磨蹭著他的嘴唇。

這舉動還真可愛，宋理巘在半夢半醒中輕笑著張開了嘴唇，崔世暻將切成兩半的草莓小心翼翼地滑入他的嘴裡，因為蓋著棉被而感到燥熱的身體，甜蜜地接受了涼爽的草莓。

崔世暻原本只是想輕輕碰一下嘴唇就起身，但和果汁混合的舌頭太過甜美，如今他已經懂得控制力道，時而溫柔地探索宋理巘的口腔，時而粗暴地摩擦他的上顎。

那調皮的舌頭挑逗著宋理巘，讓他感到一陣悸動，他用手臂環抱跨坐在自己身上的崔世暻後頸，將他拉近自己。平坦的胸膛相互摩擦，嘴唇也更加緊密地交疊，交纏的舌頭讓他不由自主地發出呻吟：「嗯，啊……」

濕潤的皮膚相互摩擦，發出黏膩的聲音，彼此啃咬吮吸後變得柔軟的雙唇如同發熱的黏膜般滑溜地摩擦，沾滿彼此唾液的舌頭貪婪地探索對方，激烈地交纏在一起。交纏滑動的舌頭變得粗暴，舌尖掠過整齊的牙齒，接著用尖挺的舌尖執拗地摩擦舌下敏感的黏膜，原本溫熱的呼吸瞬間變得如沸水般滾燙。

夾在兩人之間的棉被變得格外礙事，宋理巘用腳踢開棉被，起身將崔世暻推倒，跨坐在他的腰間，崔世暻烏黑的頭髮散落在白色床單上，喘著粗氣，微微睜開迷濛的雙眼。

俯視著這一幕的宋理巘，急切地吻了上去，火熱的體溫伴隨著崔世暻柔和的體香撲鼻而來。

崔世暻總是散發著迷人香氣的身體，讓人隨時想擁抱並將鼻子埋進他的頸窩。宋理巘一口含住崔世暻的下唇吸吮，輕輕含著，同時用鼻尖磨蹭著他的臉頰，深深地吸入那迷人的氣味，僅是聞到著崔世暻的香味，就有著不亞於接吻的興奮感透過血管傳遍全身。

粗暴的激情讓宋理巘踮起腳尖，推擠著床單，宋理巘如同要吞噬般貪婪地品嚐著崔世暻的唇，並抓住崔世暻的頭髮讓他無法動彈，然後深深地將舌頭探入其中，當舌尖摩擦到上顎凹凸不平的地方時，崔世暻也發出呻吟回應。

兩人的肌膚上微微滲出汗水，身體散發的熱度讓人失去理智，積壓的慾望無法宣洩令人焦躁難耐，他們迫不及待地互相摩擦著彼此的身體。

當胸膛摩擦時，乳頭被擠壓並緩慢地被磨蹭著，宋理巘感覺到如小顆粒般硬挺的乳頭傳來前所未有的異樣感，他不自覺地將胸部靠向崔世暻，腰部微微顫抖。勉強維持著喘息的吻，胸部畫著圓圈，從乳頭蔓延開來的陌生感覺沿著腹肌一直延伸到下體，宋理巘像剛經歷發情的小狗，在崔世暻身上尋找快感湧現的地方摩擦。

兩人交錯纏繞的雙腿如剪刀般緊扣，隆起的褲襠在彼此的胯部摩擦著。崔世暻抓住宋理巘的臀部，恣意揉捏手中豐滿的臀肉，這使得緊貼的性器顫抖了一下，並上下微微地動了起來。

崔世暻屈起膝蓋，開始認真磨蹭下體，膨脹得幾乎要爆裂的陰莖，即使隔著布料也清晰可見其輪廓。

宋理巘察覺到因摩擦而勃起的肉棒時，瞪大了雙眼，停止了舌頭的動作。

「……哼嗯！」

正朝快感高潮前進的愛撫突然停了下來，宋理巘撐著床坐起來，以難以置信的眼神來回看著崔世暻的臉和他勃起的性器。他無法直視崔世暻，宋理巘別過頭，從崔世暻的腰間退了下來。

「理巘啊？」

儘管兩人都因勃起讓褲子緊繃得發疼，崔世暻仍然不知道發生了什麼事，困惑地撐起身子。

「嗯、嗯。」

宋理巘擦拭著滿是口水的嘴角，假裝沒事發生，但充血的性器依然沒有消退，當崔世暻直盯著他的下體要求解釋時，他尷尬地避開了視線。

「我去開一下窗戶。」宋理巘下了床，儘量裝作自然地慢慢走向窗邊，然後把窗戶大大地打開，二月的寒風如刀，瞬間將房間裡的燥熱一掃而空。

宋理巘扶著窗框，直面刺骨的寒風，但運動褲下撐起帳篷的肉棒仍然沒有消退，直到他唱完四段國歌後，才終於平息下來，他這才敢看向崔世暻。

崔世暻側躺在凌亂不堪的床單上，刺骨的寒風吹到了床上，讓崔世暻的性器也稍微軟了下來，但頸後仍留有斑駁的情慾痕跡，再加上他那凌亂的頭髮和紅腫的嘴唇，無不讓人聯想到剛才發生的事情，這讓宋理巘無法若無其事地面對崔世暻。

他尷尬地撓了撓後腦杓，隨後坐在了床的邊緣。

「……」

見崔世暻沒有說話，宋理巘悄悄地挪動屁股坐到崔世暻身邊，他知道自己在興致高昂時單方面突然喊停的錯誤，他不敢辯解，只能小心翼翼地觀察對方的反應。他輕輕地握住崔世暻隨意放在床上的手，悄悄地與之十指相扣，崔世暻這時才與他對視，露出微笑。

「我們之間還要這麼見外嗎？」沒有責備之意，崔世暻本想開個玩笑，反而強調了內心的失落。

宋理巘拉過崔世暻的手，輕輕吻著幾根手指，然後像小狗輕咬般啃了啃食指尖。

「你覺得我會對你見外嗎？別人也就算了，對你怎麼可能？」

豪爽的宋理巘甚至賣弄起滿是情慾的撒嬌，再生氣也不好意思，崔世暻從背後環抱住宋理巘的腰間，藉此化解內心的失落，他掀起宋理巘身上穿的大學T恤，用鼻尖蹭著赤裸的腰部，搔癢玩鬧，尷尬的氣氛漸漸融化。崔世暻的嘴唇從腰際滑下，用牙齒輕輕咬住宋理巘運動褲的鬆緊帶。

「你、你在幹麼？」宋理巘推開世暻的手，慌張地皺起了眉頭。

「我來幫你。」

還沒來得及問要幫什麼忙，崔世暻已經拉過宋理巘的腰部，將頭埋入兩腿之間。儘管隔著運動褲，當胯下一接觸熱氣，剛才平息的慾望又蠢蠢欲動，嚇得宋理巘緊抓住褲腰。

「瑞山大嬸在樓下。」

「她跟你母親出門了。」

崔世暻上樓前，樓下的瑞山大嬸給了他一些草莓，讓他和宋理巘一起吃，然後就準備和宋敏書出門了。她們打算逛百貨公司的地下美食街，所以一時半會兒不會回來，宋理巘明明也知道，但仍緊抓著褲腰不放，崔世暻只好將臉頰貼在他的大腿上磨蹭，暗暗哀求著。

「你只要享受就好，我想幫你做。」

冷風才吹散的慾望瞬間又被喚醒，宋理巘的性器又硬了起來，他像著了魔似地看著崔世暻試圖隔著運動褲含住他的分身，就在崔世暻的嘴快要碰到的時候，他終於回過神來，用手掌推開了崔世暻的臉說：「啊，不行！」

第二次被拒絕後，崔世暻也有點忍不住了，他揉著被壓痛的臉。

崔世暻為了消除失落感，起身背對著坐下，然後對因為勃起而不知所措的宋理巘，盡可能不帶情緒地問：「是因為我是男生，你才這樣的嗎？」

從彼此成為對方唯一存在的那一刻起，性別就變得毫無意義了，崔世暻也清楚這點，但是當他提議去飯店時，宋理巘嚇得極力反對，超過接吻的接觸就會讓他驚恐地推開，這些事情讓崔世暻對兩人共度的時光產生懷疑。

——我們真的因為相愛才在一起嗎？

崔世暻不想懷疑他們的愛情，因此將宋理巘的拒絕歸咎於性別，宋理巘似乎察覺到崔世暻濕潤黑眸中混雜的怨恨，無奈地搓了搓臉。

「不是那樣的。」話說出口後，連宋理巘自己都覺得不合理。

不只是今天，崔世暻一直隱約暗示想要更多，但宋理巘卻總是拒絕。今天也是如此，宋理巘明明勃起兩次，卻像對待蟲子般推開崔世暻，還支支吾吾地連個像樣的辯解都說不出。

「你不知道……總之就有些事啦。」

性別和年齡差距並不是問題。崔世暻長得太漂亮了，即使是男生也能讓他勃起，而且成熟得讓人感覺不到年齡差距，每次和崔世暻約會回來，宋理巘都得在洗澡時發洩一次才能入睡。

儘管如此，卻還一直停留在接吻階段的原因其實很簡單，因為崔世暻太漂亮了。他不只是臉蛋和身材令人驚豔，連舉止都美得讓人無法抗拒，偶爾還會突如其來地告白，讓人心都要融化的崔世暻實在太珍貴了。

就像聰明的申智秀看到宋理巘的「大叔行為」後眼裡充滿了愛心一樣，宋理巘也和她一樣。以前崔世暻聽到自己說他要「狐狸伎倆」時咬牙切齒的樣子，如今卻覺得可愛得不得了，忍不住露出笑容。

總之，宋理巚覺得崔世暻太美和太珍貴，讓他完全不敢有侵犯他、進入他的念頭，反倒是被進入的話，或許還能一試，問題在於他的靈魂長期以來都是以異性戀者的身分生活，要做出這樣的決定實在不容易。

靠幻想崔世暻來自慰也快到極限了，遲早得下定決心，但至少今天還不是時候。

「你過來。」

宋理巚伸手想安撫對方，但崔世暻轉過身去，態度非常冷淡。

這次崔世暻似乎不打算輕易妥協，只是冷冷地從肩膀後回頭看了一眼，並沒有握住宋理巚的手。不過，崔世暻那嬌嗔的模樣反而讓宋理巚覺得更可愛，便從後面抱住了崔世暻。

「世暻啊。」

「……」

「崔世暻。」

宋理巚溫柔的吻沿著脖頸滑下，停留在頸窩，溫熱的雙唇撒嬌般輕輕摩挲著肌膚，只在對自己不利的時候撒嬌的宋理巚雖然令人討厭，但崔世暻還是敵不過他，又再次敗下陣來。

每次都是崔世暻認輸，所以宋理巚也不換招數，總是用同樣的招數，這點崔世暻也心知肚明，但卻無可奈何，更喜歡的那方註定要輸，崔世暻這樣想著，不再抱怨，主動尋找宋理巚的嘴唇吻了上去。

每當雙唇相疊，下體又開始充血之際，敞開的窗戶吹來冷風，冷卻了即將變得淫靡的氛圍，最後因為太冷，兩人鑽進被窩親吻，他們輕輕地碰了一下唇後又分開，像在玩鬧似地彼此交換著健康的輕吻。

嬉戲般的親吻因崔世暻丟在床上的手機多次震動而迅速結束，因為是多則訊息到達的提示音，崔世暻擔心是否發生了什麼事，便拿起了手機。

宋理巚不喜歡床上有他人介入，便問道：「誰呀？」

短時間內收到的這些訊息其實都來自同一個人。發訊者只是心急才多次傳送，並非有急事。

「申智秀約我們一起吃飯，然後去看電影。」

「吃飯？看電影？」

「她說早上就這樣分開，覺得有點可惜。」

好久不見，難免會感到可惜。以宋理巚的性格，他本來也會樂於約申智秀出來看電影、吃晚餐、喝酒聊聊近況，但那是在申智秀還沒有把崔世暻的禦寒用品穿戴在身上之前。

「喂，她為什麼……」宋理巚想發脾氣，卻咬住嘴唇忍住了。

崔世暻是宋理巚的，所以崔世暻隨身攜帶的禦寒用品也是宋理巚的，申智秀未經許可就占為己有，讓他有種遭小偷的感覺，但他又不可能對小女生吃醋，只能暗自生悶氣。

崔世暻不可能沒看見宋理巚一閃即逝的煩躁，於是他立刻提出了一個誘人的提議：「要拒絕嗎？」

「不，就去吧，晚餐要吃什麼？你有沒有特別想看的電影？」

如果拒絕那就等於承認自己吃小女生的醋，所以宋理巘裝酷答應了約會，只是吃個飯、看場電影就分開，能出什麼事？宋理巘漫不經心地從崔世暻遞過來的手機螢幕上挑選了一部電影。

二月冬季的白晝短暫，下午五點街道就已經被黑暗籠罩。然而在夜色降臨之前，寒冷昏暗的街道，因為招牌的霓虹燈而顯得明亮，路邊攤冒出的蒸汽也讓空氣中瀰漫著暖意。

申智秀先一步到達了約定地點，一家坐落在十字路口的快時尚品牌服飾店，她拿出小鏡子仔細檢查精心化的妝是否暈開，又在服飾店櫥窗前審視自己的背影，她穿的短裙很襯她那修長的雙腿。

漂亮的雙腿是申智秀最有自信的身體部位，因此只要有心儀的男生，她必定會穿上短裙，展現自己的優點，雖然今天早上穿短裙出門差點凍死，讓她猶豫了一下，但最終還是選擇了短裙。

這是二十歲正值青春的她才敢做的選擇。

——很好，完美。

申智秀檢查完畢後，內心有些焦慮，但還是露出了滿意的微笑，這時，她突然感覺到有目光聚集，抬頭一看發現宋理獻和崔世暻正走過來。

「你們來啦！」申智秀揮了揮戴著手套的手。

崔世暻最先看見了申智秀。

身穿白色長羽絨服的崔世暻已經很帥氣了，但宋理獻穿著黑色短版麂皮夾克、黑色牛仔褲，配上高筒靴，明顯是精心打扮過，他那淺棕色的短髮在學校只像個活潑的男生，但戴上黑色毛帽後，顯得特別時尚，像是特意染過頭髮一樣。

他站在圍著圍巾、穿著長版羽絨服的崔世暻旁邊，看起來好像很冷，但白皙的脖頸與黑色服裝形成對比，反而突顯了那冷冽的氣氛。

而且，宋理獻走過來的眼神也不大尋常，從遠處開始，他就像鎖定了目標似地目光熾熱如火。

宋理獻精心打扮出門就是為了不想輸給申智秀，因此眼神也不能輸人，但申智秀並不知道這些內情。

申智秀按捺住緊張的心情問道：「理獻啊，早上平安到家了嗎？」

但斜站著的宋理獻一看到申智秀的短裙，二話不說就發火說：「妳穿的這是什麼衣服？」

「衣服？你是說我的衣服嗎？」

「妳早上也是這樣，再這樣下去，小心骨頭著涼進風。」

平常宋理獻不會在意別人的穿著，但他擔心崔世暻會脫下圍巾給她，如果那樣他會抓狂，所以先發制人。

「趁年輕要多注意，別以後落下病根，讓自己受罪。」

他以為他是誰呀？憑什麼管別人穿什麼衣服？申智秀本能地冒出這個念頭，為了不讓臉上的表情扭曲，她咬緊牙關。

「……你在說什麼啊？落下什麼病根？真是的，別開玩笑了。」

好不容易才把宋理巘約出來，申智秀不想一開始就把氣氛搞砸，所以勉強擠出笑容，但她對宋理巘的好感一直在減少，就像改考卷時留下的紅筆痕跡那樣。

——算了，要不然乾脆放棄交男朋友吧？

雖然很喜歡宋理巘，但她不想跟指責她穿著的人交往。

「進去吧，我買衣服給妳。」

「喔？」

「……」

申智秀驚訝地大叫，崔世暻則默默地吃驚，但其實他緊皺的眉頭被瀏海遮住，扭曲的嘴唇也被圍巾掩蓋，更糟糕的是，因為崔世暻長得太高了，所以沒人看到他震驚的表情。

「你說要買衣服給我？」申智秀驚訝地問道，而這也是崔世暻想問的。

「對啊，人要保暖才行啊。要是妳父母知道他們的寶貝女兒在冷天裡發抖，他們該有多心疼啊。」

為了證明自己並非隨便說說，宋理巘越過申智秀，走向快時尚品牌服飾店的門。

雖然一開始他是因為嫉妒才指責她，但人的本性是不會變的，看到申智秀冷到發抖，他心裡還是不大好受。

這是人之常情，也可能是出於惻隱之心，宋理巘似乎理解了早上崔世暻為什麼會把禦寒物品給申智秀的心情。

「快進來吧，長時間吹冷風對身體不好。」

申智秀眨了眨塗著濃濃睫毛膏的睫毛，看來宋理巘並不是在指責她的穿著，而是擔心她因為穿太少會著涼，甚至未來可能會因此生病，他在乎的是申智秀的健康，而不是外表的美麗。

申智秀領悟到這一點，又再次對宋理巘產生好感時，一直沉默不語的崔世暻插話說：「我覺得這樣穿去應該沒問題，智秀今天很漂亮。」

崔世暻會插嘴是因為無法忍受申智秀先收到自己都沒收到過的衣服，但不明白崔世暻心思的宋理巘聽來卻是另一種意思。

「漂亮？」

平常的話，宋理巘不會因為一句稱讚小女生漂亮而如此敏感，問題在於今天早上，他因為申智秀穿著禦寒用品而感到嫉妒。

宋理巘因為感覺到申智秀的威脅，罕見地在鏡子前不停地試穿衣服，穿了又脫，脫了又穿，好像在進行一場時裝秀，精心打扮出門，結果所謂的男朋友卻稱讚別的女生漂亮，這話聽起來當然刺耳。

宋理巘三七步站立，眼神充滿反抗地瞪大了雙眼，也許是冬夜的寒意使然，他那一筆勾勒出的薄下顎線顯得格外銳利。

「嗯，很漂亮。」

然而，崔世暻卻露出不明白問題在哪裡的微笑，那是他招牌的善良微笑，那種看似太過善良而不懂得察言觀色，但實際上卻是無視對方意見的微笑。

「那傢伙真是的。」那微笑毫無疑問地讓宋理巘心裡非常難受。

「不買也可以，進去逛逛嘛。」他們就這樣走進了快時尚品牌服飾店裡。

宋理巘在崔世暻說申智秀漂亮的那一瞬間，就不想看電影了，想立刻回家，但人類畢竟不是只憑情緒行動的動物。

都已經出來赴約了，而且申智秀也在場，他不能衝動行事，宋理巘走到別處，假裝在看衣服以平息心中的怒火。申智秀挑選了幾條保暖牛仔褲進入試衣間試穿，崔世暻則在一旁瀏覽整齊堆放的新款衣服。

在店裡繞了一圈，怒氣稍微平息的宋理巘走向獨自站在貨架前的崔世暻，照理說崔世暻應該能察覺到有人靠近，但他卻只是攤開先前看的針織衫，宋理巘覺得故意不理自己的崔世暻很可惡，但還是壓住了脾氣。

「喂。」

「……」

崔世暻用圍巾緊緊地圍住下巴，像個嘴巴被封住的人一樣保持沉默。不過，他沒有像剛才那樣無視宋理巘了，看了宋理巘一眼，然後把一直拿在手上的針織衫遞過去，這件針對即將到來的春天設計的針織衫，款式並不適合崔世暻，布料粗糙、鬆脫的線頭都顯得很劣質，宋理巘不明白他為何遞來這件衣服，接過後就把它推到一邊。

現在，重要的不是針織衫。

「你沒話要對我說嗎？」

都說到這份上了，敏銳的崔世暻應該知道自己做錯了什麼。宋理巘本來打算如果他道歉的話就欣然接受，但崔世暻對於宋理巘在自己面前卻打算給其他女生買衣服感到心裡不舒服，因此宋理巘期待的道歉並沒有出現。

「你沒話要對我說嗎？」

「什麼意思？」

也許是因為最近習慣了崔世暻的溫柔態度，突然聽到諷刺的話，宋理巘一時間還以為自己聽錯了。

但他確實沒聽錯，一直不與他對視只露出側臉的崔世暻，不知何時已經轉過身直視著他。照亮貨架的燈光非常明亮，映照在崔世暻的黑色瞳孔中，彷彿泛起了水波般的光澤。

「理巘啊，我……」

——我討厭你給申智秀買衣服。

然而，崔世暻最後還是沒能將積壓在喉嚨裡的抱怨說出口，這太幼稚了，只是因為不喜歡他給穿得少的女生買衣服就生悶氣，而且也不是什麼昂貴的衣服，只是普通的快時尚平價品牌而已。

不說出來，這種幼稚的嫉妒就不會被發現，然而，一旦說出口，無論如何都會被評判。崔世暻還沒說出口，眼前宋理巚嘆氣的畫面就已經在腦海裡出現，似乎對崔世暻不能理解這點感到很無奈，覺得要應付這樣的他很累人。

崔世暻所愛的那個靈魂經歷過顛沛流離的艱辛人生，克服了無數的難關，他不會把給女孩買件衣服看得那麼重要，反而會覺得鬧脾氣的崔世暻太過幼稚。

可能是因為看起來太孩子氣，所以沒有想做愛的慾望吧，這是崔世暻看著明明已經勃起卻仍拒絕發生關係的宋理巚後，自己得出的結論。

因為表現得太幼稚，所以他不會越過底線，如果想和宋理巚發生關係，就必須表現得成熟一點，要像個大人，不要衝動，不要表現得像個小屁孩，讓他失去興致。

「說。」

在成熟的表現中，不包括因為給別人買了件衣服就抱怨的幼稚行為，因此崔世暻的嘴閉得更緊了。

「唉——」

崔世暻明顯不滿，卻緊閉著嘴不說，宋理巚似乎感到很煩悶，想撥弄頭髮時被毛線帽擋住，不耐煩地脫掉帽子。他隨意撥弄被壓扁的頭髮，像剛跑完操場般亂七八糟地翹著。

「你，是不是對我有什麼不滿？」

崔世暻連敷衍一句「沒有」都說不出口。他陷入了不能說實話的窘境，他完全不知道該如何以成熟的方式化解這種情況。

崔世暻不發一語，是他自己的一種固執，取而代之的是，他解開了自己的圍巾，繞在宋理巘的脖子上，當摺成兩半的圍巾裹住他纖細的頸線，圍巾上殘留的體溫為他冰冷的脖子帶來了溫暖。

「你不是說吹冷風對身體不好。」崔世暻說完，就這樣從宋理巘身邊經過。穿上牛仔褲從更衣室出來的申智秀叫住了他們：「你們看，怎麼樣？好看嗎？」

崔世暻若無其事地走向申智秀，說道：「很適合妳，很漂亮。」

又是漂亮的稱讚。申智秀聽到了兩次崔世暻從未對宋理巘說過的漂亮，這讓宋理巘的心情更加糟糕，但又無法對無辜的申智秀發脾氣，只好轉身走向收銀臺。

「就買那件吧。」

就在宋理巘刷卡的瞬間，也就是給申智秀買衣服的那一刻，崔世暻的笑容微微抽搐了一下。

❧ ❧ ❧

他們來吃晚餐的這家餐廳在社群媒體上很有名，擠滿了顧客，為了避免三人一起移動時被人群推擠，兩人決定先去占位子等待。當崔世暻一手端著剛出爐的披薩盤，另一手拿著裝著可樂和醃黃瓜的盤子回到桌邊時，宋理巘和申智秀正在激烈爭論。崔世暻見狀輕輕挑起了一邊的眉毛。

「我說了我來付，你已經買衣服給我了，晚餐還讓你付，你覺得這合理嗎？」

「哪裡不合理了？」

「趁我說話還客氣時，快點給我你的銀行帳號。」申智秀故作凶狠地威脅了宋理獻一番。

點餐時因為被後面的人撞了一下，宋理獻趕緊結了帳，但已經收了衣服的申智秀似乎不好意思連晚餐也讓人請客，然而，宋理獻卻堅持不肯收錢。

情況顯而易見，崔世暻剛開始和宋理獻約會時就經常發生這種事，因為宋理獻總是想要負擔所有的約會費用，現在崔世暻已經練就了在宋理獻付款前，就先一步刷卡的本領。

所以崔世暻也就隨他去了，因為宋理獻本來就是這樣的性格。崔世暻把披薩放在圓桌上後坐了下來，因為剛出爐，熱氣騰騰的披薩上，乳酪已半融化，他們點的是這家的招牌夏威夷披薩和義大利辣香腸披薩各半。

崔世暻打開了點餐時拿到的可樂罐，倒進了冰塊杯中，他感到特別口渴，沒喝幾口飲料就見底了。

「我怎麼能收小孩子的錢，妳拿去買零食吃吧。」

「啊，算了，我給你現金。」

申智秀正要在包包裡找錢包時，宋理獻立刻抓住她的手腕制止，他只用了最小的力氣，避免過多的接觸，本意只是想阻止申智秀，但這已經足夠讓崔世暻心生不悅。

雖然宋理獻的身材偏瘦弱，但男女之間仍然存在天生的體格差異，申智秀那雙纖細的手腕被宋理獻一隻手就抓住了，這一幕突出了兩人的性別差異。

腦中只想著要和宋理獻上床的崔世暻，很自然地將那雙交叉的手腕被單手抓住的畫面移轉到了床上。

——難道他喜歡這種類型的？嬌小瘦弱的女孩？所以才對我沒感覺？

瞬間腦中浮現各種想法，崔世暻微笑的嘴角微微抽搐，得先把那雙手分開才行，於是他假裝要拿中間的披薩，藉機把兩人隔開。

「智秀啊，讓理獻請就好了，妳就放心吃吧。」

「可是……」

崔世暻一邊笑著一邊將一塊披薩夾到申智秀的盤子裡，為了讓崔世暻能夠伸長手臂，申智秀坐直了身體，拉開了與宋理獻的距離。

「我也常常讓理獻請客。」崔世暻也往自己的盤子裡夾了塊披薩，拿起刀叉隨意地切著披薩，不知在挑什麼，只見他一直撥弄著披薩表面的乳酪。

「理獻似乎很喜歡智秀，剛才還給妳買衣服。」崔世暻以平淡的語調和動作，有意無意地刺激著宋理獻。

「什麼？」雖然是祕密交往，但聽到交往的傢伙說出這種話，宋理獻還是感到難以置信。

「崔世暻，別開玩笑了。」申智秀臉紅得像蘋果一樣，對崔世暻揮了揮手，想假裝不在意，卻還是難掩內心的喜悅，帶著羞澀的笑容輕輕拍了崔世暻的肩膀。

「嗯，開玩笑的。」

有些玩笑能開，有些則不行，崔世暻想用一句「開玩笑」來帶過，實在讓人難以接受。說到不滿，宋理獻也有很多話要說，崔世暻隨身帶的禦寒用品原本是他的，有人卻自作主張給了申智秀，心裡雖然不舒服，但他不想顯得幼稚，只能強忍著。

然而，宋理巚再也忍不住了，當他在桌下握緊顫抖的拳頭，準備抓住崔世暻的領口時，崔世暻將自己的盤子和宋理巚的空盤子互換。

宋理巚來回看了看崔世暻和被他拿走的空盤子，最後視線停在崔世暻放下的盤子上，盤子裡有一塊去掉鳳梨的夏威夷披薩和一塊義式香腸披薩。

「……」

「理巚，我要可樂。」

崔世暻搖晃著只剩冰塊喀啦作響的可樂杯。

宋理巚瞪著崔世暻那張裝作若無其事的笑臉，咬牙切齒地勉為其難站起身來。

（未完待續）

附錄

成為他的一朵花

〔附錄一〕

花

——金春洙

在我呼喚它的名字之前
它不過是
一種姿態罷了

當我呼喚它的名字時
它來到我身邊
成了一朵花

就像我輕喚他的名字一樣
有誰來輕喚我的名字

用適合我的顏色和香味
我願向他走去
成為他的一朵花

我們都渴望
成為什麼
你對於我
我對於你
渴望成為不被遺忘的存在

〔附錄二〕

為花而作的序詩

——金春洙

我現在是一隻危險的野獸
我的手一碰到你
你就會成為未知的無盡黑暗

在存在的搖晃枝條的末端
你無名地綻放又凋零

在這無名的黑暗中，我的眼角濕潤
點燃了回憶的一點火炬
我哭了一整夜

我的哭泣漸漸成為夜晚野狗的食物
搖晃著鑿子
如果滲透到原野，就會變成金子
遮住臉的我的新娘啊

i小說 066

High School Return of A Gangster

【黑幫變成高中生4】

國家圖書館出版品預行編目（CIP）資料

黑幫變成高中生. 4– High school return of a gangster / 호롤著 ; 芙蘿拉譯. -- 初版. -- 臺北市 : 愛呦文創有限公司, 2025.03
面； 公分. -- (i小說 ; 66)
譯自 : 조폭인 내가 고등학생이 되었습니다 (High school return of a gangster)
ISBN 978-626-99038-8-7 第4冊; (平裝)

862.57 113018350

愛呦文創

原書書名 조폭인 내가 고등학생이 되었습니다（High School Return of A Gangster）
作者 호롤 (horol)
譯者 芙蘿拉
封面繪圖 九月紫
Q圖繪圖 60
責任編輯 高章敏
特約編輯 羅婷婷
文字校對 劉綺文
版權 Yuvia Hsiang、Panny Yang
行銷企劃 羅婷婷

發行人 高章敏
出版 愛呦文創有限公司
地址 10691台北市忠孝東路四段59號10-2樓
電話 （886）2-25287229
郵電信箱 iyao.service@gmail.com
愛呦粉絲團 https://www.facebook.com/iyao.book

總經銷 聯合發行股份有限公司
電話 （886）2-29178022
地址 231新北市新店區寶橋路235巷6弄6號2樓

美術設計 張雅涵
內頁排版 陳佩君
印刷 沐春行銷創意有限公司
初版一刷 2025年3月
定價 340元
ISBN 978-626-99038-8-7